從絕對和平開始魔王復興計畫

雷迪 著
雅兒 繪

【推薦序】名為正常的異常

文／九方思想貓（小說作家，近作《咖啡、唱片、黑白貓》）

異世界，滿載祈願的地方。

在這個生冷的現實裡，為何「異世界」成為一種模式？對我而言，正是因為在這樣的材料裡揭示了兩件事——幻想存在的浪漫，以及對現象世界的反詰。

浪漫地說，但凡是作家筆下寫出的故事，其實都是另一個維度的現實。而作家的任務，是開啟大腦的頻率，去接收另外一個時空的真相，且透過文字，形塑為小說。

小說裡的幻境，或許也可能是另一個現實，一個未被徵詢的應許之地。

而雷迪正是一位擅長捕捉這些吉光片羽的能手。

所謂「酒香不怕巷子深」，如果是一位擅長安排劇情的作家，他以文字釀造的酒，便是醉人的金波。在許多人覺得國外輕小說大行其道，台灣是否也能做出好作品的同時，雷迪就是這位釀酒人。

他始終致力於情節的張力及轉折的安排，用他精於計算的鋪排能力，去堆砌每一位角色的心路。在這部《從絕對和平開始魔王復興計畫》當中，讀者可以見證主角馬爾帶著前世心願，降臨在不受邀請的另一個世界裡，其自我由唏噓、匱乏，終至飽滿且完整的整個歷程。

別有心思的「神」，以及滿是勇者的歧異時空，他所面臨的是從前不能體會的嶄新變局——絕對和平，卻也絕對不對勁的世界。

什麼是正確？

所謂的和平，是分明有多種不同價值觀，也被迫服膺的齊頭式平等嗎？

我在這部作品裡，看見一個在已被完成的世界裡，試圖找回自身主張的人。

也看見一群為了信念，敢於起而抗爭的人們。

他們是如此可愛、可敬、可親。

促使我決定，要把這麼可愛的、旅行於其他時空的他者，介紹給所有讀者。

雷迪筆下的人物，就是如此值得。

請一起見證馬爾的計畫吧。

目　次

序章・更深沉的黑暗

男孩不知「和平」為何物。

儘管人們不斷張揚著和平的口號，世界也沒有因此變得幸福。

天空的戰鬥機炮火交鋒，躲在殘骸下的人們悲鳴四散，世界只剩地獄，無止盡的地獄。

男孩仰天撕聲發怒。愛哭的他，又再一次躲在陰暗的角落嚎啕大哭。不管是祈求還是詛咒，都未能抵達天空的彼端。

他的哭喊被砲彈聲淹沒。

他的淚水被煙霧蒙蔽。

他的悲嘆被無數屍堆遺忘。

不知何時，男孩漸漸學會停止哭泣……不，是學會了「接受」。

他接受了戰爭的漩渦。

有人哭了，他就漠視；有人死了，他就跨過。

喝著泥濘的濁水，啃著發霉的麵包，忍受腸胃的劇痛，就這樣承載著痛苦繼續前進。

他不知這麼做有何意義，但是，他卻從未放棄過祈禱。

即使表情冰冷、內心凍結，他依然渴望著光明的救贖。

直到某一天，他遇見了一群「黑影」。

在陰暗的角落，黑影們的穿著宛如一席夜幕。男孩明白，他們都是混蛋。

為了不留下戰爭的痕跡，他們會徹底抹滅掃除。男孩也深知自己就是那塊汙穢。

彷彿放棄掙扎，男孩靜靜地閉上眼眸，在惡臭堆中等待死亡的到來。

然而——

「唯有身處黑暗，才能看見光明的出口。」

給予死亡的金屬並未映入男孩的眼簾。

取而代之，他看見「黑影」伸出一隻白皙而纖細的右手。

「黑影」豔紅的唇瓣微微彎曲，笑著道：

「——從今天開始，你也是『流浪犬』的一員了。」

陰暗的巷子角落，孤獨、寒冷。

「黑影」帶男孩進入的世界，並不是耀眼的光明，而是比陰影更深沉的黑暗。

可是他卻曾未想過……

——原來冥冥的黑暗，比光明更加溫暖。

第一章・目標，魔族復興！

世界宛若降下帷幕，「少年」的意識徜徉在漆黑之中，

飄盪著、迂迴著，在沒有方向及終點的虛幻縹緲裡，一切彷彿變得毫無意義。

但也無所謂了。

隨著時間流逝，少年漸漸認為這片幽深無邊的黑暗，也許只是命運的終點罷了。

至少這份安寧，是自己渴望已久的救贖。

「——又有迷途的亡者呀。」

突然，一道女性的聲音像水面的漣漪般，從他體內深處泛起細小的波動。

隨著那道聲音浮現，周圍的黑暗被排列緊密的星辰占據、點綴。

飄離的意識彷彿有了著地點，輕輕地落在銀河編織的星道上。少年對她回應著：

「妳是誰？」

「吾不存在任何概念，但若以人類的文明來定義——就是所謂的『神』吧。」

「感謝祢帶來簡單好懂的回答。」

「吾的存在，便是帶領迷途的亡者，展開嶄新的道路。」

「不必說得拐彎抹角，要上天堂或下地獄請自便。」

「態度真是冷淡，不過呀，汝尚未迎來審判之日。」祂拉高語調，接著說，「如果還有來世，汝想

去什麼樣的世界？」
姑且稱呼祂為「未知神」吧。聽到祂這番話，少年顯得有些困惑。
「是在讓我挑渡假景點嗎？沒想到神還挺有人情味的。」
「吾只是在做好本分，指引迷途的亡者。」
「還是一樣，說話拐彎抹角的。」
雖然有些可疑，但他還是接受未知神的好意，回答，「既然都說到這份上了，那請給我一個『和平』的世界。」
「和平呀，人類真是愛好鬥爭，卻又嚮往安寧的矛盾生物呢。」
「人類愛好鬥爭？哼，請別把那些邪惡傢伙與人類相提並論。」
「明明是相同的生命體，卻不認同他們是同類？」未知神好似陷入若有所思，等待短暫的沉默結束後，祂道：「那麼，若是不同的生命體，汝又有何想法呢？」
「……什麼？」
「啟程吧，迷途的亡者。」
「喂，祢這話是什麼意思……嗯？」
頓時之間，世界又再次降下了帷幕，黑暗逐漸吞噬了一望無際的星空。
……不對，是意識正在下墜。
彷彿靈魂被某種無形的力量抓住，讓意識沉墜到未知的深淵。
「別擔心，這只是生命重組的過程而已。只不過可能會稍微損失一些結構也說不定。」
「祢到底打算做什麼——呃！」

突然間，他的靈魂在動盪著。

猶如想脫離這片黑色深海，少年的意識躁動地、瘋狂地在朝著深淵底部游動。

那是生命的本能在作祟，靈魂渴望迎接黎明。就這樣，少年橫渡漫長的深淵後，終於看見了「光芒」。

「好好享受吾創造的世界吧。」

未知神說話的語氣，好似在戲謔著他一樣。

然而不管少年怎麼想，意識已經流入光芒的漩渦中，直到感受不到「祂」的存在。

最後，當深幽的黑暗如泡沫般緩緩消逝後……

——新的生命，也如曙光一般乍現。

最先感受到的是湧入喉嚨的空氣，接著是竄動全身的血液。

少年重新睜開眼睛，明亮的光線扎進恍惚的視野裡，令他有些不適。

但這種生命流動的感覺，絕對不是虛假的，他確實又活過來了。

彷彿脫離無垠的夢海，靈魂與肉體回到了現實。莫非……這就是所謂的「轉生」？

「——就是你吧。」

……？

然而才剛了解狀況，他聽見一道少女的聲音。

「哼，召喚出一臉雜魚的傢伙呢……算了。你這傢伙，給本王聽好了——」

少年趕緊起身望向說話的人。而此時，他看見一名頭上長著惡魔犄角，綁著雙馬尾的粉髮少女。

她以八字的站姿，左手插腰、右手放在胸前，有如散發著高傲的姿態說道：

「魔王『露希兒』在此下令，從現在起，你就是本王的部下了！」

⚔ ⚔ ⚔

一切發生得太突然，讓少年的思緒有點混亂，他試著整理情報。

附近充滿草木枝葉，天空也被編排緊密的樹冠遮蔽，這裡大概是森林深處。

而且不知為何，自己現在穿著宛若執事服的黑色外套，頭上似乎還長了動物耳朵，指甲也像野獸一樣尖銳。雖然有些訝異，但既然大致還是人類模樣，他便不在意這些細節。

只是要說討厭的地方，就是脖子被套上一個項圈，而且似乎沒辦法拿下來的樣子。

「喂，本王在叫你耶，有聽到嗎！」

對了，還得確認一下這個可疑少女。

她自稱露希兒，留著亮麗剔透的粉色雙馬尾，妖精般的尖耳，以及和惡魔一樣的犄角。穿著露肩上衣雖展現出她細緻透嫩的肌膚，可是身體卻滿身泥濘和髒汙，看起來像是在玩扮家家酒的野孩子。

才剛轉生就遇到奇怪的人，讓少年不禁苦笑。

「——給本王跪下。」

突然，項圈發出淡淡的微光。

……唔呃！

他的身體不受控制地向露希兒屈膝下跪，彷彿被某種力量操控著。

「身體……沒辦法動?!」

「呵呵，可悲的雜魚，你可是被本王召喚出來的呢，真以為能違抗『主僕契約』呀？」

「妳說召喚……」

他垂下頭，這才發現自己站在一道魔法陣上。原來自己是被她「召喚」到這個世界的。

恐怕這世界存在著某種特殊能力，簡單說的話，她會使用「魔法」。

「看來得謹慎小心才行。」

前世記憶告訴他──「以貌取人」是大忌。

他曾見過外表是個小孩、實際卻是個職業殺手的人，還有被嵌入微型炸彈的蚊子……諸如此類的教訓，讓他明白不能輕視任何一個存在。

因此絕不能小看這名少女。從她傲慢又縱容的態度來看，間接證明她擁有壓倒性的力量。

不能隨便違抗她。少年深呼吸一口氣，讓心靈找回平靜。

「抱歉魔王大人，讓您看見屬下這等醜態。」

「記取教訓啦，那本王就大發慈悲原諒你吧……對了，作為本王的部下，得幫你取個響亮的名字才行。」

「是，屬下非常榮幸能被您命名。」

「瞧你一臉像聽話的狗，果然還是以地獄三頭犬『可魯貝洛斯』、或是『塞勃拉斯』來命名吧，但『瑟勃勒斯』好像也不錯呢。」

雖然只是在陪她演戲，不過用地獄三頭犬來命名好像也不賴。

「感謝魔王大人的提議，若您願意的話，請您賦予我──」

「決定了，就叫『馬爾濟斯』吧！」

「我拒絕！」

「嗯？你這是在違逆本王？」

糟了，才剛說要小心點，結果不小心頂嘴了。

「抱歉讓魔王大人誤會了，屬下是顧慮到您不能浪費口舌在唸名字上，所以之後請用『馬爾』來稱呼屬下吧。」

「不許辯解！」

隨著她的怒氣漸增，少年頓時感到背脊發寒。

「區區的雜魚也敢放肆啊，呵呵，就讓本王來好好懲罰你吧。」

她抓起少年的手腕，然後開始優雅地輕撫他每一根手指。

這溫柔的舉動，其實隱藏著令人戰慄的恐怖。少年過去早已親身體驗過了。

她打算折斷手指吧。

以前自己不小心被敵人俘虜的時候，他們其中一項拷問方式就是折斷手指。

而且照魔王不講理的性格來看，若偏激一點，大概整隻右手要沒了。

不能求饒，他知道這只會招來更淒慘的結果。只能緊閉雙唇，承受失誤後所造下的後悔。

「就是這根了。」

隨著露希兒露出獠牙，揚起一抹邪笑後——

喀！

清脆的折骨聲，伴隨著森林枝葉摩擦，響盪整座森林。

…………咦？

「怎麼樣，很痛對吧！膽敢違逆本王就是這種下場，哇哈哈哈！」
施加殘忍暴刑的露希兒，滿意地大笑著。
「……」
「哦？不錯嘛，承受本王的懲罰竟然還一臉沒事的樣子，看來你是不錯的玩具呢。」
「不好意思，魔王大人。」
「嗯？」
「剛剛『喀』那一下，就是給屬下的懲罰嗎？」
「啥？不然呢，『凹手指』可是很痛的耶。」
不是折斷手指，而是凹手指……
等等，這不是放鬆筋骨時常做的舉動嗎！
「哼，看在你是本王一號手下的分上，就不凹其他手指了，你就心懷感激地接受慈悲吧。」
看著露希兒擺出高傲的姿態，少年不禁嘆一口氣，然後——
「嗯？喂！你要去哪裡啊，快回來！」
「不好意思，我沒興趣陪一個小孩子玩扮家家酒。」
「小、小孩子?!本王可是活了一百年的成熟女性，不准說本王是小孩子！」
「為了還原魔王的設定，連年齡都下了功夫，真是辛苦妳了。」
他背對著露希兒揮了揮手，貌似連回頭都懶了。然而沒想到——
「……呃！身、身體又擅自動了起來？」
忽然間少年的身體又不由自主朝露希兒跪下了。

「哼，真以為你能無視主人呀，只要本王不允許，你休想從本王的視線裡逃走！」

「妳這傢伙，竟然還有這種能力嗎……」

「愚蠢傢伙，這一次真的惹本王生氣了！」

悚然的黑色邪氣頓時在露希兒的身體周邊纏繞著。

就像細細的水流，黑色氣團逐漸凝聚在她的右食指，然後像手槍一樣，順著指尖將邪氣朝少年發射出去。

黑色氣團猶如蟒蛇般纏附在少年身上，他頓時感受到些許不對勁。

「……總覺得體內好像有什麼在被吸收？喂，妳到底做了什麼！」

「哇哈哈哈，怎麼樣？『生命能量』流失的感覺如何呀。」

「生命能量……等等，妳難道打算殺了我嗎！」

「哼，你們部下終究只是魔王的糧食而已，等著變成一條乾扁的雜魚吧！」

她就像蹂躪弱小的蟲子，愉悅地放聲大笑。

這次她是玩真的，剛剛無理舉動已經激怒她了，恐怕到死之前都不會停止。

「呃、呃呃！」

「哇哈哈哈！讓本王再多聽點哀號吧！」

他想掙扎，卻猶如溺水般無力回天，只能任由生命一點一滴消逝。

一點一滴……

……？

「怎麼樣，想求饒要趁現在喔。否則等本王把你的生命吸乾後，可是會連話都說不出來呢。」

「不好意思，再請問一下。」
「嗯？」
「妳所謂的吸乾，是像蚊子那樣『一點一滴』吸取嗎？」
「什麼！本王可是在大口吸食你的生命能量耶！既然如此，就加大吸食的份量吧……嗚呃！」
「咦，妳剛剛是不是反胃了？」
「少、少囉嗦！本王可是有著不輸給暴食魔王的食量，這點程度人家才不會……嗚呃，嘔嘔嘔！」
「…………」
「嗚嘔嘔嘔……本、本王還能……嗚呃嘔嘔！」
露希兒吐出一堆紫色液體，看來太勉強自己了。
在她痛苦趴地期間，少年仔細回想剛剛發生的事。
「明明魔法資質這麼弱，卻還能操控我身體，難道這跟那個叫『主僕契約』的有關？」
敏銳的少年立刻察覺到端倪，他摸著脖子上的項圈，心裡想著一種可能性。
看來有必要確認她有多少能耐了。
「魔王大人，能否讓屬下為您伸出援手。」
「嗚呃……哈……呼哈……哼哼，終於願意聽話了啊，看在你識相的分上，本王就——」
——**喀**。
「咿呀啊啊啊痛痛痛好痛啊！」
少年伸手拉起露希兒的同時，順便凹了一下她的食指，發出了關節氣泡的清脆聲響。
「你好大的膽子，竟敢折斷本王的手指！」

「我只是輕輕凹了一下而已。」

「才怪！剛剛骨頭發出很大的聲音耶，肯定已經斷……欸，手指還能動？」

「雖然妳自稱魔王，但其實『很弱』對吧。」

「……噗咿！」露希兒詫異地挑眉，但很快地她將右手放在嘴前含笑，「呵、呵呵……說什麼傻話呀，本王可是七大魔王之首——傲慢魔王『路西法』的王女，擁有最強權能的本王，怎麼可能很弱——」

——**喀**。

「哇啊啊啊好痛好痛好痛！」

「看吧，凹個手指就唉唉叫了。」

「可惡，區區的雜魚少得意了！馬爾濟斯，現在快給本王跪……唔，嗚嗚！」

在露希兒喊出命令之前，少年立刻摀住她的嘴巴。

「果然沒錯，只要喊不出命令，項圈就不會作祟了。」

得知她控制自己的祕密後，接下來就簡單多了。

「敢再命令我一次，我就真的折斷妳的手指。」

「嗚、嗚……」

「還有我叫『馬爾』。再用馬爾濟斯稱呼我，以後就等著用腳趾吃飯吧。」

「……嗚嗚嗚！」

露希兒含淚拚命點頭，馬爾這才鬆開右手。

「呼哈、咳、咳咳！可惡，等本王恢復力量後，絕對要你好看！」

「那在這之前，妳能先幫我找些吃的回來嗎？」
「啥?!你這雜魚，竟也敢命令本王做事啊！」
——**喀喀喀喀喀喀喀喀喀**。馬爾一口氣凹了自己十根手指。
「啊、是……本王知道了。」
她似乎終於肯放下身段，聽馬爾的話朝森林深處去找食物了。
見嬌小的身影消失，馬爾垂下肩膀，輕輕吐一口氣。
「真是糟糕透頂了。」
從未知神那邊得到轉生的機會，但卻成了魔王的隨從，讓馬爾不禁在內心咒罵祂的惡趣味。
不過好在魔王不具威脅，除了態度糟糕之外，還算是個能相處的對象。
「嗯？」
無意之間，馬爾瞄到森林某地方有一座小岩洞。
他湊近一看，洞口不是很深。可是再進一步調查，卻發現裡面擺了一樣東西。
「樹葉布置的床？」
好似裡面早有人住，成堆的葉子變成一張簡陋的床墊。
說起來，為何露希兒召喚自己的時候並不是在魔界，而是在森林裡？
而且從那滿身泥濘的穿著來看，她一定曾趴在充滿塵土的地方。
也就是說，這個地方可能就是……
「這樣也稱得上是魔王嗎？唉，看來得稍微做點『家務』了。」
馬爾伸展筋骨，準備開始認真幹活。

夕陽的最後一縷光輝漸漸地沉入山脈之中，留下一抹黯淡的夜色。皎潔的明月占據天空的舞臺，猶如遙遠的璀璨珍珠，靜靜地為這片森林染上銀白色的色彩。

夜晚，同時也帶來了一陣冷寂。

冰涼的微風拂過草木枝葉，掀起細微稀疏聲。寒冷的氣息悄悄地流入肺部，馬爾吐出淡淡的嘆息，臉龐滿是無奈。

他向「晚歸的少女」不悅問道：

「還以為妳逃走了，怎麼到現在才回來？」

本來只是要她到附近找食物，結果卻去了半天，直到晚上才回來。

「哼，本王怎麼可能會害怕雜魚部下，只不過是去了比較遠的地方而已。」

「所以妳帶了什麼回來？」

「哼哼……」

「嗯？」

「哇哈哈哈！看到後可別嚇到喔，本王找到了這座森林裡最美味的食材呢！」

「這倒是不錯的消息，願聞其詳。」

說到森林美食，不外乎是松茸、或者牛肝菌之類的菇類吧？但也可能是野豬、野兔之類的野生動物。但這裡是異世界，恐怕存在著許多自己從未見過的食材也說不定。

馬爾靜靜地等待答案揭曉。露希兒趕緊將口袋中的「美味食材」掏出來。
「看，就是這個！」
「這、這是……」
「很驚訝對吧！本王可是花了不少時間，才摘到——」
「……不就是一顆『蘋果』嗎！」
馬爾絕望地跪倒在地。
「哦！你終於對本王的能力佩服得五體投地啦。」
「真是失算……」
「欸？」
「本以為妳去那麼久，至少會帶多點吃的回來。結果花了將近半天才找到一顆蘋果？」
「才？那是什麼意思！摘蘋果很不容易耶！」
「但只有一顆蘋果，是要怎麼填飽兩人的肚子？」
「反、反正魔族生命力很強，幾天不吃東西也不會死啦！」
——**咕嚕嚕嚕**。
她才剛說完，兩人肚子就發出聲響。
就算不會死，也還是會餓肚子。
眼看當下只有一顆蘋果能充飢，一陣微風頓時拂過片刻的寧靜。
「哼哼。」最先打破沉默的是露希兒，她上揚嘴角，邪笑道，「怎麼辦呢，蘋果就在本王手上呢。如果馬爾肯苦苦哀求本王的話，倒是可以分點殘渣給你喔。」

「………」

「來吧，快向本王投以最可憐的表情，跪下來苦苦哀求人家吧……欸?!」

結果在露希兒自顧自說著時，她手上的蘋果瞬間被馬爾奪走了。

「你是強盜嗎！快把蘋果還給人家！」

露希兒咬牙切齒想要奪回蘋果，但在兩人身高差距面前，她就像被大人奪走玩具的小孩一樣無力。

「嗅嗅……聞起來還行，外觀也很亮麗，應該沒有壞掉。」

「那當然，這可是本王直接爬上樹摘的——」

「啊姆。」

「啊啊啊！你、你竟然真的吃起來了！」

「嗯，口感挺脆的，也非常多汁美味，真不愧是大自然的美食。」

「那是本王的蘋果……嗚、嗚嗚。」

馬爾在嘴裡咀嚼著蘋果，露希兒只能含淚看他吃得津津有味的樣子。

「吶，拿去。」

「欸？」

結果沒想到，他只吃了一口，就將蘋果還給了露希兒。

她看著馬爾遞過來的蘋果，表情似乎有些猶豫，但最後還是伸手接過。

「……你不是要搶走本王的蘋果嗎？」

「在讓別人吃之前，我習慣先試吃看看有沒有毒。」

「咦？那萬一有毒你不是也完蛋了嗎！」

「沒事的，我會在中毒之前把食物吐出來。」
「最好有可能啦！」
「不想死的話，凡事都有可能。」他說完，便轉向洞窟邁步走去。
留下佇立在原地的露希兒，她眨起眼皮，望著馬爾離去的背影。
「奇怪，正常人會有『試毒』的習慣嗎？」
「別愣在那裡了，快跟上來。」
「唔，來了！」
雖然有些好奇，但她很快放下內心的疙瘩，趕緊跟上馬爾的步伐。

⚔ ⚔ ⚔

「這、這到底是！」
回到洞窟後，露希兒看著內部的裝潢，不禁詫異地張大嘴巴。
「怎了，我只是做了點小小補強，沒必要大驚小怪吧。」
「你確定只是小小補強嗎……」她指著洞口上方，繼續道，「上面掛著像門簾的東西是什麼？」
「是用樹皮和葉子編織成的遮風簾，順便添加點薄荷葉來提升驅蟲效果。」
「那旁邊這堆桶子和石器呢？」
「是手工打製出來，用來取水和打獵的工具。」
「這堆東西呢？那些看不懂的道具又是什麼！」

「是木頭製的西洋棋、象棋、跳棋、拼圖、和一些樂器。我想說待在森林應該挺無聊的，所以就稍微製作一些娛樂用品。」

「…………」

「嗯？幹嘛一臉呆住的表情，這不是野外求生的基本常識嗎。」

「早就超出常識範圍了啦！」

「慢著。」馬爾無意間，瞥見露希兒的左膝有一道凝固的血跡，「妳的膝蓋受傷了，是剛剛摘蘋果時弄傷的嗎？」

「……噗咿！才、才才沒那回事！本王可沒有從樹上摔下來劃傷腳喔！」

「妳願意說出口真是謝了。吶，到那邊坐好。」

「啥？你這雜魚，憑什麼命令本王——」

「快去坐好。」

馬爾投以冰冷的視線讓露希兒倒抽一口氣。她乖乖地坐在旁邊的石頭上。

緊接著，馬爾接下來的舉動，讓露希兒不禁瞪大雙眼。

「馬爾，你這是在做什麼？」

「不好好處理傷口的話，萬一細菌感染就糟糕了。」他一邊用收集到的清水洗去露希兒膝蓋上的血跡，一邊說，「好在森林裡有我認識的植物，我現在幫妳做緊急治療。」

馬爾把具有治療效果的藥草磨成稠狀後，接著輕輕塗抹在露希兒的傷口上。

等蓋上一層乾淨的葉片，他將自己大衣的袖子撕去一塊，替她做最後的包紮。

「這樣就沒問題了，下次要小心一點，如果是扭傷我就沒辦法了。」

「……」

「嗯？妳那欲言又止的表情是什麼意思。」

露希兒不悅的臉龐中，似乎夾雜著些許躊躇。經過一小段沉寂，她才終於開口。

「你明明不肯當本王的部下，為什麼還要替本王做那麼多事？」

「有難互相幫助，不是很正常嗎。」

「笨蛋，魔族才不存在『善意』。若不用力量將他人屈服，魔族是不可能會主動幫助別人的。」她說到這裡，突然別過雙眼，吞吐道。「所以你明明有更強的力量，為什麼還要服侍本王……」

露希兒吐出問題，讓馬爾屏息。

前世為人類的他不明白魔族的價值觀，但從她的話語中多少能得知魔族有著弱肉強食的習性。

不過，魔族的價值觀也好、自己釋出的善意也好，對馬爾來說，幫助露希兒的理由非常單純。

「——別看我這樣，我其實意外地挺怕寂寞的。」

「……」

「有妳在的話，至少我不會是孤單一人，互相扶持不也挺好的嗎？」

「馬爾，你……」

馬爾道出的真心話，讓露希兒抿著唇瓣，眼睛像寶石般閃爍著。她似乎終於卸下心房，也給予馬爾真心的回應。

「你真是蠢斃了呢！」

像是看著小丑在自嘲般，露希兒用右手掩唇含笑。

「竟然說自己怕寂寞，你是沒有主人就活不下去的狗嗎？呵呵，果然雜魚就是雜魚呀。」

「妳就是不改那張傲慢的嘴臉。」

「就當你是在稱讚本王吧。沒辦法了，看在你有自知之明的分上，就由本王來帶領你魔族復興吧。」

「妳剛剛說什麼？」

「嗯？」

露希兒在無意間，講到了讓馬爾掛心很久的關鍵詞。

「『魔族復興』……難道說，魔族真的發生什麼事了？」

自從發現露希兒住在森林深處後，他就對魔族遭遇的事略知一二。

隨著馬爾露出困惑的神情，露希兒的態度也立刻嚴肅起來。她走到洞口外，用手指著高掛在天空的明亮珍珠。

「看到天空那顆巨大的『星星』了嗎？」

「星星？等等，那不是月亮嗎？」

「不。」露希兒語氣沉重，說道，「那是已經被『善』所支配的神器——『明暗星』。」

她開始說起了一段故事。

在遙遠的過去，神明創造了一個能左右世界「善惡」的神器。

人類代表著「善」。

魔族代表著「惡」。

自古以來，明暗星就像天秤一樣，會根據世界的善惡比例來變成銀白或灰黑色，若善惡值均等則會呈現兩色交融的混濁狀。

一旦明暗星被「善」或「惡」占據，世界的支配權就會傾向其中一方。

這是世界的法則，也是人類與魔族鬥爭的起源。

「魔族與勇者為了爭奪明暗星的『庇護』之力，持續了數百年的戰爭。結果就在那一天——」

露希兒說到這裡，宛若有股憤慨湧上心頭，她緊緊地握拳，「所有人類突然都變成『勇者』，把魔族勢力全消滅了……明明勇者是神明賦予人類萬中選一的奇蹟，但卻突然發生這種離奇的事。」

「所以魔族落敗之後，妳就僥倖逃進森林裡吧。」

聽到這邊，馬爾總算知曉這世界的始末了。

因為人類全都變成勇者，以壓倒性的數量輾壓邪惡勢力，導致大量的魔族被消滅。

而身為魔王的露希兒，以魔族天生強韌的生命力在森林苟活著。可是如今她卻說要展開魔族復興，馬爾怎麼想也覺得不太可能。

「現在兩派人數差距之大，妳是要怎麼扭轉局勢？」

明知兩勢力已經是水波比海嘯的差距，但露希兒卻沒有放棄野心，還從容地回答道。

「哼，反正人類終究只是早死的雜魚。等勇者都死光後，到時候就是本王的機會啦，哇哈哈哈……哈哈……」

「嗯？」

「哈哈……哈……」

突然，露希兒在一陣晃頭晃腦後，像斷線一樣倒躺在地。

「喂，妳怎麼了，振作點！」

馬爾連忙去扶著她。與此同時，他發現到她身體出現了異樣。

「黑色斑紋？這是……」

「是『魔力』不足而已……」

「魔力不足？」

「沒什麼大不了的，只要讓本王……稍微休息的話……」

她話還沒說完，就失去意識了。

項圈宛如焦急起來，不斷向馬爾發出警訊。

自從有「主僕契約」後，他能從項圈感知露希兒的精神狀態，所以現在項圈的躁動令他有種不好的預感。

「妳看起來一點都不像沒事的樣子，喂，快振作點……嗚呃！」

突然，馬爾的視野劇烈晃動。

肺部宛如被無形之手緊緊扭繞，近乎窒息的痛苦讓他的視線模糊，最終身體無力地倒在地上。

他緩緩舉起顫抖的手，然而，此時難以置信的景象浮現在他眼前。

「為什麼，連我……也……！」

他的身體也同樣出現神祕的黑色紋路。

他知道，這並不是會單純陷入昏迷而已。熟悉的預感，頓時在他心中湧現。

死亡。

那是他曾經體驗過一次，被黑暗剝奪意識的痛苦。即使拚命想保持清醒，也會逐漸墜入深淵的泥沼中。

洞裡的篝火在黑夜中綻放淡淡的暖光，照亮了少年和少女倒下的身影。

然而沒想到，僅僅一個瞬間，馬爾瞥見一道朦朧的「陰影」壟罩著他們。

他看不清楚對方是誰。

但還來不及得知真相，他的意識便沉入遙遙的虛無中。

第二章・連村民A都是勇者?!

恍惚的神智搖曳在明暗之間，直到一抹晨光透進眼皮。馬爾才察覺自己恢復了意識。

「……這裡是？」

清晨，淡淡的木香充斥著整個房間，他彎腰坐起，發現自己躺在床上。

床單十分乾淨，彷彿平時有人在整理一樣。他望向旁邊的小桌子，而上面擺著一盤削好的蘋果。

不僅提供舒適的房間，還貼心地準備好食物。從這些痕跡可以推敲出來——有人救了他一命。

是誰？難道是其他殘存的魔族？但露希兒說過，魔族都是利己不利他人的自私傢伙，不可能伸出援手救人。

就在想這些的同時，馬爾的犬耳微微一顫，他聽見外頭傳來腳步聲。

——所有人類突然都變成勇者，把魔族勢力全消滅了。

對魔族來說，外面的世界已經沒有夥伴了。

即使對方是救命恩人，也不能輕易讓對方掌握主導權。馬爾立刻下床，拿起桌邊的叉子，將背貼在門邊的死角處。

當門被打開的瞬間，就用叉子架住對方頸部。

就這樣，等待外頭走廊的腳步聲越來越近，直到門板被推開的瞬間——

「住手吧。」

道入耳膜的聲音，比他的動作還要快。

馬爾停止動作，直視眼前的人物——是一位年老女性。

她穿著一身褐色短袍，從表面洗得斑駁可以看出她勤儉的個性。蒼蒼白髮綁成包形，粗糙的質感蕩漾著歷史的厚度，駝背的身軀彷彿承載了歲月的包袱，與臉龐上的皺紋交織出和藹可親的容貌。

竟然是年紀約七十幾歲的老人家，當時洞窟下的「陰影」就是她嗎？但就算如此，馬爾也不能掉以輕心。

「哎呀？小弟弟，叉子這樣拿可是很危險吶。」

「放心，我以前訓練過了，保證一下就能刺入要害。」

「呀哈哈，真是可怕呢，但老朽不打算成為你的敵人吶。」

「憑什麼要我相信妳？」

「畢竟『勇者』是不會說謊的吶。」

她彎起慈祥的笑容。沒有給予實質的證明，只是在道德層面上掛保證。

馬爾看著那雙被皺紋壓垮的瞇瞇眼，究竟她吐出的是真心、還是從容？

不管如何，一直維持僵持關係也不是辦法，他緩緩放下拿著叉子的手。

「魔王在哪裡？」

「魔王？哦，你在說那位魔族姑娘吶？」

「她當時的狀況不太對勁，我想知道她現在怎樣了。」

當時露希兒陷入呼吸困難，身體還出現異常紋路，那是前世從未見過的病症。因此馬爾想深入了解狀況。

然而沒想到，老人卻眉頭緊皺，以嚴肅的神情回答道。

「她現在的狀況，老朽只能用『不堪入目』形容。」

她的話語中不帶一絲委婉。彷彿露希兒的狀態已經糟糕到不容得樂觀。

也對，以她當時的狀況來說，就算又發生變異也不奇怪。但馬爾還是有義務了解。

「請帶我去吧。」

他向老奶奶提出請求。

「老朽名叫蜜涅娃，年輕人，你叫什麼名字？」

「馬爾。」

「馬爾弟弟吶，那位魔族姑娘是你的主人嗎？」

「不，但以契約關係來說的話，也許算是吧。」

「回答得真不坦率呢，呀哈哈。」

踩著老舊木板嘎吱作響。蜜涅娃帶著馬爾，來到露希兒休息的房間。

在寂靜的籠罩下，馬爾品嚐乾枯的空氣，然後向老人點頭示意後，緊接拉下門把。

而後，映入馬爾眼簾的是——

「這、這是！」他不禁瞪大了雙眼。

「看吧，老朽已經提醒過你，要先做好心理準備的。」

論心理準備，馬爾早就在腦海預想過露希兒的各種慘狀，可他從未想過，情況是如此糟糕。

沒想到她竟然……

「竟然有這麼可怕的睡相！」

她整個人像融化的冰淇淋一樣，上半身躺在地板，只有雙腳還在床上。被換上一身可愛睡衣的她，裙襬被往上掀起，肚皮和白色內褲一覽無遺。

「嘎哈……呼，欸嘿嘿，本王再也吃不下了……」

床鋪和枕頭都被咬得稀巴爛，甚至連木製的床邊床角都有牙齒咬過的痕跡。

明明畫面慘不忍睹，但少女的睡臉卻洋溢著幸福的神情，嘴邊發出安詳的鼾聲。

「哎呀哎呀，這是第幾次啦，老朽來幫妳抱回床上喔。」

「欸嘿嘿，帶骨火腿，啊嗚。」

「這傢伙竟然還會咬人！」

露希兒在睡夢中咬著蜜涅娃的手臂，流出幾道細細的血滴，由此可知她咬人力道有多大。但承受皮肉之痛的老人，卻依舊露出慈祥的笑容。

「呀哈哈，看來她餓壞了。等等早飯得多準備一點吶。」

「現在不是說閒話時候，我來幫妳處理傷口吧。」

「哎呀？魔族竟然也會說這種話。但謝謝你的好意，這點小傷不用操心吶。」

蜜涅娃把露希兒抱回床上後，緊接將左手平放在右手的傷口上。

「吾向光明之神祈求，為此身降下洗盡污泥的露水……『茵里』。」

她詠唱著咒語，掌心散發出一陣微光後，傷口漸漸癒合了。

「妳也會使用魔法？」

「呀哈哈，老朽只會這種簡單魔法而已吶。」

她說得謙虛，但傷口不僅沒留下齒痕，甚至連血跡都不見了。

這絕對不是凡人能做到的事。

到這裡，馬爾已經十分確信——果然這個世界，連村民A都變成勇者了。

「馬爾弟弟，你在害怕老朽嗎。」

即使表情淡定，蜜涅娃仍是看穿他的情緒，馬爾屏住呼吸。

「但你不必害怕，畢竟世界已經和平了吶。」她轉過身子，背對著馬爾，「所以老朽沒理由再揮動沉重的劍了，呀哈哈。」

她的笑聲彷彿懷抱著一絲惋惜，不知為何，比起和平帶來的喜悅，馬爾從她身上感受到更多的是遺憾。

「哎呀，又不小心碎碎唸了，上了年紀老是這樣吶……那麼老朽該去做早飯了，馬爾弟弟，你先把魔族姑娘叫醒吧。」

蜜涅娃拖著駝背身軀，緩步離開了房間。

馬爾低頭看著露希兒的睡顏。現在的她不是在洞窟中飽受寒冷，而是在溫暖的床上安詳睡著。

「……和平嗎？」

窗外的鳥兒吱吱作響，他不禁在內心深深思索著。

「吃飯」可以說是人與人之間最和諧的時刻。

無論性格、無論種族，所有生命皆會感到飢餓。即使是彼此互看不順眼的兩人，只要坐在餐桌上，都能安靜地享用料理。

因此馬爾堅信，只要在吃飯時間，所有對立與仇恨都能煙消雲散。

「滾開，離本王遠一點！」

露希兒把木碗砸向地板，裡頭的清湯頓時將木頭地板染上深沉的顏色，馬鈴薯和蘿蔔等配料都變成了殘渣。

結果少女輕易地就破壞掉餐桌上的和諧。

「本王可是鼎鼎大名的傲慢魔王，就算今天是你們人類的勝利，本王也絕對不會屈服的！」

「哎呀，老朽做的料理不合小露兒胃口嗎？」

「閉嘴！低賤的雜魚，少對本王用那種稱呼！」

「呀哈哈，老朽的孫女也差不多在這年紀迎來叛逆期呢。」

蜜涅娃一副不放在心上的態度，不斷增添露希兒的怒意，氣得她肩膀顫抖。

「竟敢小看本王……」露希兒的雙手凝聚起邪氣，黑色閃電頓時纏繞在她的手中，「就算本王變弱了，妳也無法抵擋傲慢『藐視』的權能，受死吧！」

那圓潤明亮如粉水晶的雙瞳中，散發著對勇者無底無邊的憎恨。

她是認真的。

雖然不清楚勇者和魔族的戰爭持續了多久，但戰敗的一方總是承擔著極大的代價。因此，馬爾能理解她的憤怒。

「不過一碼歸一碼。」

露希兒的魔法應該不足以傷害人，但若讓她繼續胡鬧下去，往後只會衍生更多麻煩。

得用強硬點的方式阻止她了。

馬爾從餐桌站起，只要像之前那樣，凹她幾根手指的話……

「小露兒啊。」

然而在他動手之前，蜜涅娃緩步朝了露希兒走近。

「幹、幹什麼！別靠近本王，雜魚人類！」

老人沒有停下腳步。露希兒隨著她的逼近而不斷後退，直到最後——

「沒事喔，老朽不會傷害妳，不必害怕吶。」

像是心疼般，蜜涅娃輕輕撫摸著露希兒的頭。

「妳很不容易對吧。」

「…………」

「因為戰爭導致妳失去故鄉、以及親人……」隨著少女的情緒被安撫，老人繼續對她釋出慈愛：「所以吶，雖然稱不上是贖罪，但老朽願意用剩下的生命，照顧你們到最後一刻。」

好似感到訝異，露希兒抬起頭，圓睜著水汪汪大眼，「為什麼？妳不打算消滅魔王嗎……」

「呀哈哈，老朽怎麼捨得消滅這麼可愛的姑娘呢。」

蜜涅娃笑著說完，接著回到餐桌拿起一塊熱騰騰的麵包。

「吶，拿去。」她把麵包遞給露希兒，「趁熱吃吧，妳應該很久沒吃過正常食物了吧。」

少女手上的麵包，宛若善惡勢力共處的證明，她輕輕咬了一口。

「這味道……」

「怎麼樣，老朽做的麵包很好吃吧。」

「唔、哼！差強人意啦，想用這種料理討好本王，根本可笑至極！」
「哎呀，那老朽可要加強廚藝了，呀哈哈。」
蜜涅娃憑一己之力化解了人類與魔族長久以來的恩怨。
真不愧是老人家，說服小孩子的功夫真是一流。
「馬爾弟弟，你終於也笑了呢。」
「嗯？」
聽到蜜涅娃這句話，馬爾低頭看了木碗裡清湯的倒影，這時才發現自己不經意彎起了嘴角。
原來，自己在笑啊。
此時此刻，馬爾終於在這個世界裡，得到了前世從未嚐過的滋味。
不再有鬥爭，不再有對立、不再有殺戮……
馬爾不得不承認，未知神真的給予他想要的世界了。
「……？」
突然，馬爾回神後發現自己餐盤上的麵包消失了。
麵包不會自己長腳逃走。在他困惑皺眉的同時，旁邊傳來一道少女的恥笑聲。
「呵呵，誰叫你要盯著湯發呆，麵包就由本王就收下啦。」
露希兒將馬爾的麵包一口塞入，還不忘抬起下巴用俯視的眼神看著他。
「妳這傢伙……」
「哦？雜魚竟然為了一塊麵包生氣啦？但真遺憾呢，本王已經吃進肚子裡了，該怎麼辦才好呢，難道你要本王吐出來嗎？」

「嗯，給我吐出來。」

「看吧，果然沒辦法吧……欸？」

發現聽到的答案跟自己想得不太一樣，露希兒不禁冒出冷汗。

「等等，你是認真的嗎？吃下去的食物怎麼可能吐得出來呀！」

「誰說的，就讓我來教教妳把食物催吐出來的技巧吧。來，先深呼吸，我用手來擠壓妳的胃部。」

「慢、慢著！別靠近本王，呀啊啊啊！」

馬爾摩拳擦掌步步逼近下，他們的早餐時光，就在露希兒的慘叫聲下結束了。

如果說，人類與魔族的紛爭也能像這樣小打小鬧的話……

那馬爾深深希望著，這樣的安逸日子能一直持續下去。

一直持續到永遠。

⚔ ⚔ ⚔

「……？」

深邃的黑暗猶如大海深處。「他」憑著直覺，在似夢非夢的意境中筆直漫步，直到再次來到布滿燦爛星辰的空間。

而在這裡的盡頭，此時站了一名穿著奇異禮服、束著細細黑髮、嶄露潔白裸背的美人身影。

她將半張臉轉過來，雖然面容上半部被黑暗遮掩，但嘴角彎起的笑容卻足以牽引他人靈魂，彷彿美麗與神祕的代名詞。

而後，她敞開優雅的嗓音，莞爾道：

「喜歡吾創造的世界嗎？」

就算不曾見過，也能從聲音立刻得知對方的身分。他鼻息。

「祢的惡趣味，著實讓人討厭。」

「嗯？虧吾還特地讓汝轉生到夢寐以求的世界。甚至連主子，都是汝喜歡的類型呢。」

「…………」

「別用那種眼神對吾，就算是神也是會受傷的喔。」

「未知神」用一貫輕浮的口吻與他對話。接著，祂將話鋒一轉。

「自從你和那位勇者相遇後，日子過得如何？」

沒想到神竟也會開啟噓寒問暖的話題，他聳肩回答：「和那位老奶奶相處差不多一週了，雖然鄉村生活有許多地方不太便利，但日子還算過的舒適，魔王也漸漸對她放下敵意了。」

兩名魔族在蜜涅娃的照顧下得到了平凡生活。平常都與她從事採集水果或是種田的工作。

然而相處久了，他已經能確信對方除了是勇者之外，也是一位友善的老年人。

「雖然很不甘心，但不得不說，這確實是我想要的和平。」

「這樣啊，汝能喜歡吾創造的世界，作為一名引路者，真是感到歡喜。」

祂拉高語調，像是替他感到喜悅般。接著她起抬頭，眺望著遠方美麗的星海。

然後，她嘴角的笑意消失了。

「但這真的是汝渴望的和平嗎？」

「什麼？」

「吾說過，生命在重組的過程中，總會失去一些『結構』。」

「所以祢想說的是，除了外觀上的改變之外，還有就是『記憶』吧。」

不用想也明白，祂所謂的失去是什麼。因為自從轉生到這個世界後，他就忘了原本的名字，表示在轉生過程中，記憶遭到了剝離。

「因為失去記憶，所以我忘記重要的事物，對吧？」

「可以這麼說喔，不過呀，記憶終究只是沾在表面上的東西。」未知神嫣然一笑，繼續道，「刻印汝靈魂裡的『執念』，遲早會喚醒汝真正的渴望。」

聽到祂那番話，他不禁倒抽一口氣。

如果自己的想法會隨著記憶恢復而有所改變，那現在內心的盼望之物，也可能只是偽造的贗品。

「難道說『和平』並不是我真正的願望？」

「已經開始自我懷疑了呀。那不如……讓吾稍微推汝一把吧。」

他又再度感受到了，未知神無底無邊的惡意。

祂就像把玩著一具有趣的人偶，盡情讓它擺出自己喜歡的姿勢，即使被弄斷手腳，也將成為人偶註定的命運。

「吾來跟汝說說吧，這世界『善惡法則』的真相——」

⚔ ⚔ ⚔

深夜瀰漫寂靜，燭火光明。在狹小的老舊房間外頭，傳出陣陣敲門聲。

「請進吶。」

老人坐在搖椅上，一邊縫織著衣服，一邊淡淡地回應。

等待老舊的木門被拉開後，來者是一名白髮犬耳少年。老人的目光略顯詫異。

「哎呀，馬爾弟弟怎在這種時間來找老朽？」

「最近想著一些事讓我睡不太著。說起來，那些衣服是……？」

「是小露兒和你的衣服，老朽想把它們縫好。」

蜜涅娃仔細地縫補少女衣服上裂開的部分，手法俐落輕巧。不過每當針頭穿過布料，她的表情就越顯黯淡。

「看到小露兒衣服上的破洞，就像是看到她辛酸的過去吶。」

她好似對露希兒的遭遇深深感到惋惜。對此，馬爾也垂下了眼簾。

「蜜涅娃奶奶。」

「哦？」

「不僅是救命之恩，還有這幾天的照顧，我代表魔王向妳表達感謝。」

馬爾半跪在地上，右手平撫胸前，以最誠摯的屈膝表達他的謝意。蜜涅娃似乎有些詫異，她挑起老沉的雙眉說道。

「哎呀，請別這樣馬爾弟弟，老朽光是有你們作伴，就已經很滿足吶。」

「即便如此，我也想報答這份恩情。所以說——」

他緩緩地從口袋中取出一根精緻的木製髮簪，上面布滿了色彩鮮豔的花朵。

「雖然只是微不足道的回禮，但希望妳能收下。」

「真漂亮的髮簪吶，這是馬爾弟弟親手做的嗎？手真巧呢。」

「哪裡，小弟不才，僅只有手工藝稍微拿手一點。不介意的話，能讓我為妳戴上嗎？」

「呀哈哈，如果這是馬爾弟弟的心意，那就麻煩你吶。」

蜜涅娃也不客氣地接受好意。馬爾站起來緩步走向蜜涅娃的身後，然後開始輕柔地梳理著她蒼蒼的白髮。

細緻的髮簪，被色彩繽紛的花朵點綴，宛如一座美麗的小型花園。即使是年長的老人，肯定也能展現出女性與裝飾品的結合之美。

只不過……

髮簪倚著的地方不是頭髮，而是脖子。

「正如剛才所說，我只有手工藝稍微拿手一點。」馬爾用左手架住蜜涅娃的頸部，再讓右手的髮簪陷進她頸部的肉中，「所以就算是髮簪，也能輕易刺穿喉嚨吧。」

「馬爾弟弟，你這是怎麼了？」

「我的動機妳很清楚不是嗎？畢竟這個世界，早就容納不下魔族了。」

昨晚馬爾做了一個夢——不，更正確來說，是被「未知神」給呼喚了。

在聽到祂講述這世界的「善惡法則」後，他總算明白，這些看似平凡的日常，事實上……

「妳其實知道我們昏倒的真相，對吧？」

「…………」

「我們當時出現的症狀是『邪乏』，當體內的邪氣不足時，魔力就會開始騷動，引發呼吸困難。」

就像過敏反應，體內的魔力因渴望著邪氣而開始暴走。狀況輕微會出現呼吸困難的徵兆，倘若嚴重一點，則會當場昏厥、甚至死亡。

因為勇者將魔族幾乎全滅，導致空氣中的邪氣量大幅減少。即使蜜涅娃用治癒術幫他們緩解症狀，依然無法阻止步步逼近的死亡。

以虛偽的善意，營造出人類與魔族美好的共同生活。

但事實上，人類終究只是在凝視著魔族即將到來的滅亡。

「所以你打算殺死老朽，來增加邪氣量嗎。」

「明明是救命恩人，卻只能以這種方式回報恩情，老實說我深感抱歉。」隨著複雜的感情湧入心頭，馬爾握著髮簪的手開始顫抖，「但唯有作惡，才是我們的『和平』。」

說完，銳利如劍的髮簪，就這樣刺進了蜜涅娃的脖子裡。

血液如水花噴濺，在無聲的悲鳴中，老人的性命遭到剝奪。

——原本應該如此的。

「……什麼！」

髮簪在刺進皮膚的瞬間突然斷裂了。

「唉，結果到頭來，還是讓老朽失望了吶。」

頃刻間，一股猛牛般的力量從老人身上湧出，隨即掙脫了馬爾的制伏。

「呃！」

老人以不同於肥胖身軀的速度，反過來將馬爾摺倒在地，並用粗糙的手掌勒住他的脖子。

「本以為你們魔族會改過自新和人類好好相處。結果馬爾弟弟，你終究還是選擇作惡吶。」

慈善的老人，不再露出以往和藹的笑容。她睜開被皺紋壓垮的眼皮，露出獵手般的銳利眼神。

承受呼吸困難的痛苦，馬爾緊咬牙關，甩起能活動的右手，將藏在袖口的小刀抽出，並朝著老人的眉頭刺了進去。

叮。

然而，明明只是一層皮肉，刀子卻像刺到石頭一樣被彈開了。

「沒用的，老朽現在有明暗星的『庇護』。沒有邪惡能再傷害勇者了。」

原來髮簪斷掉的原因，是被神祕的力量所阻擋了。

勇者不僅贏了戰爭，還得到了神明的保護。若連最基本的攻擊都傷害不了他們，那別說打倒了，根本連打暈都做不到。

「老朽知道吶，你們不作惡遲早會死。但無論是魔族還是人類，生命終將會走到盡頭，所以為何不接受命運呢？」

她向馬爾道出生命終將凋零的理論。而這句話的另一面，就是不得妥協。

「憑現在的你們是不可能打贏勇者的，早早放棄邪惡念頭，乖乖過好日子吧。」

「咳、咳咳！」蜜涅娃鬆開右手的同時，馬爾因倉促呼吸而被口水嗆到。

「這一次，老朽就當你是在玩『鬼抓人』吧。」蜜涅娃背對著倒躺在地的馬爾，回頭道，「等你想一決勝負的那天，老朽也會全力以赴的。」

那年邁的側龐，已經沒有以往的和善與慈祥。

彷彿一名勇者在向魔族宣戰一樣。

她拋下這句話後，便從房門走出。留下來的馬爾狼狽地撐起身體。

「……竟然被她當成兒戲一場。」

這才意識到，自己連一名七十多歲的老人都對付不了。
未知神曾說過，祂會賜予馬爾一個和平世界，但那根本只是荒誕的胡言。
這個世界，是不會再被邪惡侵染，不會再被惡意干涉的……
「絕對和平」世界。

「嗚呃呃……」
一大清早，露希兒搖頭晃腦地坐在餐桌上。恍惚到連睡衣掉了一邊肩帶都沒察覺。
「小露兒的精神不太好吶，昨晚沒睡好嗎？」
「昨晚？嗯嗚…………喝！」
本來一副睡眼惺忪，結果好似想起什麼，她頓時兩眼瞪大。
「不會錯的……是勇者，一定是勇者啊！」她抱頭顫抖，說，「他闖進本王的房間，想要偷襲本王！」
「小露兒冷靜一點，這裡除了老朽外不會有其他人喔。而且勇者是不會做偷襲這種事的吶。」
「可是本王真的看到了啊，昨晚有個黑影站在本王旁邊耶！」
照露希兒所述，昨晚半夜有個成男體型的「黑影」蹲在旁邊看著她。而等她睜開眼後，黑影就快速離去了。
「一定是貓頭鷹闖進來了，別想太多。」馬爾一邊說著，一邊將早餐端上餐桌。

「除了魔物之外，本王可沒見過那麼大的貓頭鷹啊……」浮現不滿表情的露希兒，看了一下盤裡的早餐，「哦，今天的早飯好像很不錯，本王就先來嚐嚐看——」

咚！

「咿！」

露希兒正要伸手端走盤子時，馬爾立刻用叉子刺入兩者之間。嚇得她發出尖叫。

「幹什麼啦！你想殺了本王嗎！」

「誰說那份是妳的，長幼有序，這盤是給蜜涅娃奶奶的。」

「啥?!有什麼差，況且本王才是這裡年紀最大的吧！」

不理會露希兒的咬牙切齒，馬爾將剩下兩盤早餐端上後，就安靜坐下來吃著。

「走著瞧吧，等本王的力量恢復，到時就算你不願意也得服從本王！」她野蠻地用叉子插住肉排，然後往嘴裡塞，「嗚！這、這好吃到不得了的東西是……！」

當肉塊在口中咀嚼時，露希兒不禁洋溢著幸福的表情。

「這是我故鄉的料理，姑且稱呼它為『漢堡排』吧。」

「哈寶排啊，哼哼，那等魔族復興以後，你可要天天奉上哈寶排給本王吶。」

「妳不要連口癖都被傳染了。」

就這樣，吃了美味的漢堡排後，露希兒不但氣消，似乎也忘了昨晚的陰影。

等大家享用完早餐，蜜涅娃突然從口袋中拿出一小罐裝有藍色液體的瓶子。

「欸？蜜涅娃奶奶又在喝那個啊，怎麼好像每次馬爾做料理都會喝一瓶的樣子？」

「哎呀，小露兒注意到啦。這瓶是對身體有益的健康茶喔，畢竟馬爾弟弟做的料理對老朽來說有點油膩吶。」

「呵呵，這點程度就覺得油膩呀，果然人類都是沒用的雜魚呢。」

「妳有資格說別人嗎，盤子上的花椰菜為什麼不吃掉？」

「噗咿！啊……本、本王突然又犯睏了，先、先回去睡回籠覺啦！」

「喂，站住——」

不顧馬爾的呼喚，露希兒趕緊溜回自己房間來逃避討厭的花椰菜。

「真是的，這傢伙只要遇到不喜歡的事，跑得比誰都快。」馬爾把她剩下的花椰菜吃完。

「呀哈哈，小露兒愛挑食這方面，也和老朽的孫女很像吶。」

「是呀，她並不像妳『完全不挑食』呢。」

兩人此刻平凡的對話，瀰漫著一股悚然的低氣壓。

「是說也該放棄了吧，你到底要試幾次才甘願？」

「試到妳死為止。」

「哎呀，真是可怕的孩子吶。但很遺憾，不管你把森林裡毒性多強的植物和菌菇放進食物裡，毒性都會立刻被『庇護』削弱。」

「但妳每次都會喝『解毒劑』吧，證明毒是對妳有效的。」

兩人的對談，就像一觸即發的火花般。蜜涅娃睜開沉重的眼皮，挑眉道。

「讓老朽再說最後一次吧。」

「…………」

「就像老朽的壽命將盡一樣，你們魔族也乖乖接受命運吧。不管你再怎麼掙扎，都改變不了已經和平的世界。」

像是長輩在勸導，她淡淡地陳述事實。對此，馬爾只是繼續洗著木碗。

「無論如何，我們都會活下去。」

等他將所有木碗清洗乾淨，並放在窗前晾乾後，便獨自離開了小木屋。

微風滋潤的戶外，馬爾沐浴在溫厚的晨光底下，抬頭望著一望無際的藍天。

——他知道自己被擺了一道。

自從聽了未知神的話後，他的行為模式一直在打破嚮往的「和平」。而他卻像著迷般無法停止。

促使他行動的，並不是「想活下去」這種苟且偷生心態，而是那藏在心底深處，一直無法回想起的「記憶」。

「刻印在靈魂裡的『執念』，遲早會喚醒汝真正的渴望。」

焦躁的情感宛如洪流不斷湧現心頭。他有種直覺，那失去的記憶肯定是不能忘卻的事物。

為了將其找回，他緊握拳頭，無論如何都要想辦法活下去。

無論要用何種手段。

⚔ ⚔ ⚔

「啊啊……熱死人啦。」

位於高處的太陽，以熱烈的光線照耀著森林，即使有樹葉遮蔽，仍難以抵擋那炙熱的氛圍。

露希兒拉著衣領，望著前方那彷彿不受炎暑影響的犬耳少年。

「馬爾你到底想做什麼？今天蜜涅娃奶奶準備了好吃的西瓜當點心，本王可不想太晚回去喔。」
「只是來辦點事情，不會耽誤妳太多時間。不過話說回來……」
「嗯？」
「妳昏倒那時候，為什麼要騙我說是『魔力不足』？妳應該知道那症狀是『邪乏』吧。」
「噗咿！」
「……？幹嘛反應那麼大，我只是問問而已。」
「少、少囉嗦！本王想說什麼是人家的自由，雜魚少多管閒事！」
不知為何她反應那麼劇烈。
但馬爾很快地將疑慮拋諸腦後，緊接向她談起正事。
「走吧，穿過前面的草叢就到了。」
馬爾加快腳步，露希兒也緊跟上去。而後一陣陣草木騷動聲道入他們的耳畔。
前面有東西在騷動。
當湊近一看，是一隻外型像白色毛球，長著兔子耳朵的魔物。牠被一個外表像海葵的魔植物給抓住，不斷地扭動身體掙扎著。
「欸，這隻絨團兔被荊葵抓住了！」
「利用特殊香氣就能輕易捕捉到草食魔物。不得不說，森林裡的魔植物有時候比自製陷阱有用多了。」
「……陷阱？難道這隻荊葵是馬爾放的嗎？你抓這隻絨團兔是要做什麼——」
話還沒說完，馬爾拆開藤蔓後，立刻一把抓起絨團兔的耳朵。

被不當方法抓著的絨團兔痛苦地掙扎，但馬爾只是對牠投以冰冷的目光。

當時未知神不僅訴說了邪乏對魔族的影響，還解釋了明暗星的善惡法則。馬爾簡單歸納出三種增加邪氣的方法。

第一，打倒勇者。

第二，讓勇者作惡，或是互相殘殺。

由於要實現上述兩者頗有難度，因此馬爾只剩第三種方法。

他此時面色暗沉，冷冷地向露希兒開口。

「只要做盡『喪盡天良』的壞事，就能增加魔族的邪氣吧。」

以違反人類道德，甚至生物本能的壞事，來提升世界的邪氣量。

當然，所謂的喪盡天良，可不單單只是「幹壞事」那麼簡單。

炎熱的森林裡，此時彷彿吹拂了一陣寒意。馬爾從口袋中拿出一把比小刀更加不詳的銳器——剪刀。

咔嚓。

他朝空氣剪了兩下，發出駭人的躁耳聲。

「先用這把剪刀，剪斷牠的耳朵。」

「……欸？」

「幹嘛一臉驚訝的表情，這對魔族來說不是稀鬆平常的事嗎。」

「是、是這樣沒錯！但有必要做這種事嗎？」

「普通的殺戮不夠，要更加殘忍、無人性、邪惡才行。」

在實行這件事之前，馬爾已經嘗試過無數其他方法了。

暴粗口、說謊、辱罵、偷竊……甚至是屠宰要做成料理的雞，都無法增加邪氣量。

他在嘗試的過程中不斷加大惡行，直到現在，他的嘗試已經來到……

「要慢慢虐待牠，先剪斷牠的耳朵，再剪斷牠的四肢，等欣賞完牠不斷哀嚎出血的模樣後，再挖掉牠一顆眼珠，最後慢慢看著牠失血過多直到死為止。」

以極為慘忍的手段，將生命活活虐死。

「魔王，妳是這世上最邪惡的存在。所以必須由妳開啟這場血祭。」

「要本王來做？」

「沒錯，就像飢餓的人類得啃食其他生命的血肉一樣。我們只是『合理化』奪走弱小生命罷了。」

「…………」

「不需要憐憫、更不需要感到愧疚。現在的我們，是為了向未來前進——」

馬爾種種話語宛如惡魔的呢喃，輕輕地道入少女的耳畔中。

「——這一切，都是為了魔族復興。」

沒有對錯之分，這都是命運的選擇。

魔族從踏入這片大地的那一刻起，就是以邪惡為食，唯有作惡才是他們的本質。

馬爾將剪刀交給了露希兒。她垂下瀏海，沉默了好一陣子。

「……本王是魔族的最後希望。」

她緊握雙手，隨後她的側龐，也彎起了一抹不詳的微笑。

「呵呵，是呀。本王就是為了要復興魔族，才努力活到現在呀……」

隨著她周圍的邪氣聚增，她露出獠牙，將原本垂下的手重新抬起。
「本王是傲慢魔王，劣等的雜魚生命，通通都是本王的糧食而已！」
「看來妳終於找回自己的本質了，那麼，動手吧。」
當露希兒手上的刀刃像獠牙一樣伸向那對長耳時，兔子開始瘋狂似地擺動雙腿。
縱然掙扎，終究逃不過被強者所摧殘的命運。
直到最後，露希兒彎動手指時——
「啾、啾啾……！」
「咦？」
彷彿求饒、彷彿慘叫、絨團兔用含淚的目光直直投向少女。
握住的剪刀停止動作了。
「幹什麼，只不過是叫了幾聲而已，快點動手。」
「哼哼。」
「嗯？」
「哼哼，哇哈哈哈哈哈！」
露希兒突然不明地大笑起來。隨後她抬起下巴，以俯視的眼神看著牠。
「終於向本王求饒了啊，雜魚終究是雜魚呢。算啦，看在你識相的份上，本王就饒你一條命吧。」
「什麼？喂魔王，難道妳下不了手嗎！」
「哼，說什麼蠢話。本王只是覺得與其殺掉牠，不如將牠納為部下更有用罷了。」
「妳根本是強詞奪理……好吧，那沒辦法了。」

「欸？」

隨著露希兒發出困惑聲，馬爾又從口袋中拿出第二把剪刀。

「既然妳做不到，那就換我來吧。」

「等等，本王剛不是說了嗎，牠已經是人家的部下啦！」

「現在不是陪妳玩扮家家酒的時候，不這麼做的話……我們都得死！」

不顧嬌小少女的勸說，馬爾舉起右手，以俐落的速度將剪刀襲向兔子耳朵。

「不可以，快點住手！」

「呃！」

結果在刀刃觸碰耳朵前一刻，露希兒咬住了馬爾的右手臂。

瞬間的疼痛讓馬爾鬆開了手，與此同時，絨團兔終於找到脫身機會，牠很快地鑽進某堆草叢中。

好不容易抓來的獵物逃走了。

一陣微風從他們身邊拂過，宛如在為他們的沉默畫下句點。

「妳這傢伙……」忍無可忍的馬爾，此時朝著嬌小少女怒道，「為什麼要妨礙——嗯？」

咚。

才剛要宣洩心中的不滿，結果露希兒卻突然昏倒在地。

她的身體又再度浮現黑色紋路。

「『邪乏』又發作了？因為『拯救生命』的關係嗎？」

「不可以……」露希兒臉頰脹紅，呼出微弱的聲音道，「不可以……傷害牠。」

即便表情痛苦，她也還在擔心那隻絨團兔的事。

「本王想說什麼是人家的自由，雜魚部下少多管閒事！」

到這裡，馬爾才終於意識到一件事。

就算世界因魔族衰敗導致邪氣大幅減少，只要肯持續「作惡」，也不至於讓自身發生邪乏的症狀。

可是露希兒卻寧可委屈自己，也不願傷害其他生命。

「……原來，是妳把自己搞成這樣的。」

明明是魔王，卻比任何人還要溫柔。

看到她違背魔族常理的一面，意外地，馬爾不禁苦笑起來。

就像感到「安心」一般，他彷彿放下心中的煩惱。

有股激昂在心頭作祟，他不知心裡這份熾烈為何物，但他願意為了這份感情而行動。

「等我回來，魔王。」

將露希兒抱到舒適的樹陰底下後，馬爾轉動身子，望向遙遠的那顆明暗星。

他知道自己該怎麼拯救露希兒。

如果說這世上有一種「惡」，是為了拯救他人而存在的話……

那果然，馬爾並沒有背叛和平。

「是時候該認真幹活了。」

為了魔族的未來，他獨自一人朝著「木屋」走去。

⚔ ⚔ ⚔

他知道這是有勇無謀。
魔族衰敗後，邪惡不再有力量抵抗正義，從上次的偷襲中已經記取教訓了。
可是即使如此，他也有不得不戰鬥的理由——
「哎呀，馬爾弟弟回來啦……嗯？小露兒呢？」
清掃家門入口的老人，看到早歸的少年，挑起和藹的目眉。
但此刻的少年，早已不再對老人投以友善的目光。
殺意。
陰暗籠罩在銳利的雙瞳上，不必開口，少年也道出了自己前來的目的。
「這樣啊，事發比老朽想得還快吶。」
老人彷彿也理解其中真意，她放下掃把，駝著身軀緩緩地走去旁邊的空曠地。
「虧老朽準備了好吃的西瓜呢，但小露兒似乎吃不到了。」
「不好說，也許她會連妳那份一起吃也說不定。」
「很有自信吶，看來馬爾弟弟做足準備了吧。」
她淡淡一笑，走到定點後，她轉身面對少年。
赫然間，那體態肥胖的老人猶如武鬥家一般，擺出十分凜然的戰鬥架勢。
「那老朽也要認真回應你了。」
「這是……」
現在的老人，身體散發著淡淡的氣團。
那是以這世界為基礎，類似於「魔力」的力量，但她身上的氣團比露希兒更加明亮、潔白。少年立刻明白圍繞在她身上的是什麼。

聖氣。

純潔無暇的勇者，為了抵抗邪惡而釋放的神聖力量。

少年沒有退縮，即便無法以邪氣應對，他也走到定點與老人對峙。

比起恐懼，這一刻湧現更多的是激昂。

如烈火般熱情，又如凍寒般冷酷，彷彿熟悉的感覺都回來了。

少年苦笑，他好似能感覺到，自己在尋找的答案，也許就藏在這場戰鬥之中。

「讓妳看看吧，專屬於『惡』的戰法——」

深呼吸，朝地蹬出一步，他筆直衝向前方的老人。

伴隨飛揚的塵土，戰鬥開始了。

⚔ ⚔ ⚔

馬爾壓低重心，灌注手臂力量，以純粹的右拳瞄準老人的左臉龐。

如果繼承前世肉體能力，那他的拳頭威力足以一拳揍暈重量級拳擊手。以老人的體態來說，不可能抵擋住這一擊。

「年輕人真是急性子吶。」

可他面對的不是普通老人。

蜜涅娃只是輕輕地伸出左手臂就擋住了重拳，而且手臂沒有一絲顫抖。

「一上來就是對老朽有利的近身戰，馬爾弟弟，難道上次沒學到教訓嗎？」

「哼，正因為學到教訓，才選擇用我最擅長的搏擊來對付妳。」

「呀哈哈，老朽不討厭你的耿直喔。不過這點程度，連當成搥背都不夠呢。」

蜜涅娃蹲低步伐，緊接一眨眼的瞬間，一記上鉤拳便朝著馬爾下巴襲來。

好快！

憑著對危機的意識，馬爾以豐富的肉搏經驗預判攻擊軌道，將身體後仰閃過拳頭，並向後拉開距離。

但危機沒有結束，此時老人跳了起來，將雙手交握，如一道流星般的猛擊朝著馬爾位置下揮。

……砰轟！

地表揚起飛散的沙塵，馬爾朝右翻滾躲過了致命的爆擊。可沒想到，被攻擊的位置彷彿被飛彈擊中，留下蜘蛛網狀的坑洞。

年邁老人以側身的姿態，彎起和藹的笑容，緩緩轉頭。

「至少要這種程度，才有機會傷害到老朽吶。」

「怪物……」

果然是完全不同級別，馬爾不禁猙獰一笑。

「竟然這樣說呀，但老朽的程度實在讓人不敢恭維吶。」

「…………」

「老朽早就不及當年勇了，現在實力與外頭的年輕人相比簡直丟人現眼。」

這番話聽得令人絕望，卻又如此真實。

在所有人類都變成勇者的世界中，高齡者的體能肯定不及年輕人。但馬爾卻連老人百分之一的力量都沒有。

事實上，馬爾光憑力量和武術技巧，真的是對勇者束手無策。

不過……

「我想也是，但也勸妳別小看我了。」

「哦？」

「力量差距嗎？很遺憾，我早就面對過無數比我強大好幾倍的敵人了。」

雖然只有片段般的前世記憶，可是他很清楚，自己以前是過著怎樣的生活。

各式各樣的險境，無論是被一群敵人包圍、還是被逼著用小刀對抗機槍、亦或是從毒氣室裡逃出生天……

無論面臨多大的困境都有辦法活下去，他僅僅只靠一種方法。

「『計畫』才是我真正的武器。」

思考戰局，觀察地形，窺探人心，將所有能利用的情報拼湊起來，然後去執行「計畫」。這才是馬爾最擅長的戰鬥方式。

「莫非，今天這場戰鬥也在馬爾弟弟的計畫之中？」

「哼，妳說呢。」

他冷冷地回覆完，再度擺起戰鬥架勢。蜜涅娃彎起微笑。

「讓老朽看看，你真正的實力吧。」

攻防再度交鋒，這次換蜜涅娃以箭步拉近彼此距離，然後不斷向馬爾揮舞連擊。

左鉤拳、右直拳、腹擊，膝擊、迴旋踢……老人每次的攻擊都足以粉碎肉骨。馬爾只能透過經驗來應付蠻牛般的攻勢。

然而，縱然戰局僵持不下，兩人的體力差距仍然在某個瞬間分出了結果。

「……！」

剎那間，由於反應慢了半秒，馬爾來不及閃避迎面而來的踢擊。

他以左手阻擋，但在沉重的一擊面前仍然無濟於事。他直接被踢飛好幾公尺遠。

「……嘎哈！」

撞到樹幹，空氣從肺部擠出的同時，還吐出了一口鮮血。

「勝負揭曉了吶。」

馬爾的左手廢了。

光是一下攻擊就讓他的左手失去行動力，連彎曲手指都做不到。

可是，他仍是撐起身子，忍著左手疼痛，露出一抹笑容。

「有什麼好笑的？」

「不小心玩太久了呢，看來得速戰速決才行。」

「…………」

「戰鬥還沒結束，來，繼續打吧。」

廢掉的左手垂下，馬爾蹲起馬步，只用右手擺起戰鬥架勢。

這是第一次，蜜涅娃從少年身上感受到一股惡寒。

「既然如此，老朽就趕緊結束你的痛苦吧。」

老人嘆息，帶著最仁慈的「善意」再度衝向了他。

灌注力量，右拳瞬間像膨脹一樣爆發開來，蜜涅娃朝著馬爾的面部直直揮拳。只要乖乖承受這一擊，頭部就會像水花一樣濺開，迎來無痛苦的死亡。

可是，當她揮出右拳的瞬間——

「什麼！」

不知為何，馬爾的反應速度不減反增，他迅速躲開筆直而來的右拳。而她的眼角餘光，意外瞥見了犬耳少年難以捉摸的邪笑。

——一把小刀從他的袖口裡抽出來。

緊接著，他將尖銳的刀刃刺向蜜涅娃的心臟。她下意識以左手臂抵擋著。不料，刀尖就這樣刺穿了她的皮膚。

「…………」

察覺到異常的蜜涅娃，立刻往後跳開一大步。

「小刀竟然傷到老朽了？」

「沒必要那麼驚訝吧，不是早就有個『東西』能傷害到妳了嗎？」

「你說的東西？」

沉思一會兒，蜜涅娃才理解那番話的意義。

「就算本王變弱了，妳也無法抵擋傲慢『藐視』的權能。」

起初露希兒對蜜涅娃抱有敵意時，她曾說過這句話。

當然，這並不是愛面子所說的逞強話，在那之前，她已經展現出證明了。

「當時能傷到老朽的是小露兒的牙齒吧。」
「正確來說，是她身上的任何東西。我只是在刀子上沾一點她的『口水』，就能輕易刺穿鋼鐵了。」
「這樣一說，昨晚襲擊小露兒的犯人就是你吧。」
「沒辦法，誰叫我有『以備不時之需』的壞習慣呢。」
馬爾的自嘲，讓蜜涅娃的神情詫異。但震驚只是一時，她很快地恢復原本從容的表情。
「但又如何，只是皮膚被小刀刺了一下而已。這和在縫織毛線的時候被針扎到一樣吶。」
即使找到能傷害蜜涅娃的方法，仍不足以成為打敗她的關鍵，因為——
「吾向光明之神祈求，為此身降下洗盡汙泥的露水……『茵里』。」
隨著詠唱結束，剛剛的傷口像蒸發的水一樣消失了。
「馬爾弟弟身上應該還藏了許多暗器吧，從現在開始，老朽會小心一點的。」
「小心？很遺憾，我的目的早就達成了。」馬爾邪笑上揚，他繼續道，「我在小刀表面塗上特製的毒液，現在劇毒已經滲進妳的身體，只要慢慢耗下去，妳遲早會被毒死的。」
雖然明暗星的「庇護」會大幅削弱毒的效率，但若他們不斷處在戰鬥中，讓蜜涅娃加速血液循環，那大概十幾分鐘就能讓毒液蔓延全身。
即使治癒術能修復傷口，也能從她會喝解毒劑這點來看，中毒狀態無法靠她的魔法消除。
「這就是馬爾弟弟的計畫啊，真的是只有魔族才會做的陰險伎倆呢。但果然還是太年輕了。」
「什麼？」
「下毒那麼多次，難道老朽還不會有所防範嗎。」

蜜涅娃緩緩從口袋中，拿出一瓶裝滿藍色液體的小瓶子。

「很不巧吶，老朽現在隨身攜帶著解毒藥水。」

「…………」

「雖然你說自己很擅長計劃，但卻沒算到這一步呢。如果之前沒有用『毒』來算計老朽的話，那或許現在真的無計可施呢。」

先前的嘗試，反倒讓老人有所警戒，她養成隨身攜帶解毒藥水的習慣。

然而此刻，就在她喝下解毒劑的一瞬間，已經把馬爾唯一的獲勝方法給瓦解了。

「你應該沒別的法子能戰勝老朽了，這下戰鬥真的結束了吧。」

「是啊，已經結束了。」

「呀哈哈，回答倒是挺乾脆呢。那老朽會滿懷敬意，陪你們走完最後的……嗚呃！」

突然間，蜜涅娃口吐大量鮮血。

「咳、咳！怎麼回事……嗚呃！這是……毒？」

「比我想像中還快奏效。」

「怎麼可能，老朽不是已經把毒給解掉了嗎！」

「解掉？說什麼傻話，是妳自己把毒藥喝下去的吧。」

「你說老朽自己喝毒……難道說！」

蜜涅娃看著自己手上握著的解毒藥水，露出詫異的神情。

「是用了什麼魔法……不，這是哪個族系的權能？」

「很遺憾都不是，我只不過是幹起『本行』罷了。」

雖然馬爾還不知道怎麼使用魔法，但相對地，他前世所學的「技術」到這裡一樣也會。

「多次對妳下毒，是為了讓妳『有所戒備』。接著再利用小刀引起妳注意，最後偷偷把妳口袋的解毒藥水和我的毒藥給調換過來。」

「調換……但要掉包的話，你只剩左手能用吧。你的左手不是已經廢掉了嗎。」

「哼，看見別人一副半殘的樣子就當真？」

馬爾掀起左手袖口，露出裝在前臂上已經凹陷的鋼鐵護具。蜜涅娃不禁皺起沉重的雙眉。

「竟然用護具抵擋老朽的攻擊，然後再假裝不能動的樣子。」

「因為是妳自己喝下毒藥，所以沒辦法發動『庇護』的效果吧。以我特製的毒性來看，妳最多只能撐兩分鐘了。」

說到這裡，馬爾再從口袋中拿出一小瓶裝著藍色液體的藥水。

「不過，只要從我手上搶過這瓶解毒藥水，或許能救妳一命。」

馬爾將一滴藥水滑落嘴裡。以示證明那不是毒藥陷阱。

「竟然刻意把解藥拿出來，你真正的意圖，是要我小心不要破壞那瓶藥水吧。」

以勇者能輕易打碎地表的程度來看，只要攻擊稍有不慎，就會把脆弱的藥水瓶給破壞了。

如此一來，馬爾就能限制蜜涅娃的行動，並拖延兩分鐘，迎來真正的勝利。

「來吧，『鬼抓人』開始了。」

「呀哈哈，竟然用這種手段把老朽逼上絕路，真不錯吶。」
蜜涅娃即使重了劇毒，也沒有表露出絕望，反倒是像以往那樣和藹地笑著。
「老朽都想起來了，年輕時賭上性命，與魔族戰鬥的那種感覺。」
她垂下頭，感嘆、喜悅、緊張……各種情感彷彿凝聚在一塊，如呼嘯般衝擊馬爾的心頭。
這一次，換他對老人心生莫名的恐懼。
「雖然你沒有力量，但卻擁有名為『謊言』的武器。你是虛假不實的惡，是魔族才具有的劣根性。」
「哼，還要浪費力氣在口舌上嗎，妳到底想表達什麼——」
突然，蜜涅娃像是宣揚勝利般，朝天空舉起了右手。
隨著聖氣聚集在右手上，數道光之電流開始撕咬空間，最終幻化出一把閃爍光輝的銀劍。
「這份邪惡，就足以成為老朽『揮劍』的理由了。」
她張開猙獰的雙眼，嘴角彎起讓人打起寒顫的笑容。
那狂喜般的表情，彷彿是替終於能出竅的劍感到喜悅。此時此刻，蜜涅娃不再是被道德和善意所規範的武鬥家。
而是為了消滅一切惡源，不惜賭上性命的勇者。
「『劍聖』蜜涅娃——就在此刻斬斷惡的根源！」
話音剛落，蜜涅娃彷彿化作風，正面朝著馬爾奔來。
靠著身體本能運動的馬爾，以極快的反應速度向後跳開，不過……
「什麼?!」

老人揮舞的劍，僅僅只是產生風壓，就將馬爾腹部的鋼鐵護具刮出一道裂痕。

蜜涅娃中了劇毒，反應和速度也大不如前，但她破風般的人劍合一之姿，反倒讓馬爾陷入比先前更加棘手的苦戰。

「既然如此，只能硬拚了！」

三十秒過去了。

馬爾也使盡身體每一條肌肉，以最快的速度躲避迎來的銀刃。

劍光劃破空氣、揚起沙塵，每一刀都灌注了老人的靈魂和鮮血，只為斬下邪惡的少年。

一分鐘過去了。

少年以卓越的肉搏技巧來面對無數銀刃揮舞，每一次躲開都是險中求生，不斷地在正義的制裁下苟且偷生。

最後，兩分鐘終於到了。

「…………」

三分鐘。

四分鐘。

五分鐘……

「開什麼玩笑，頑強也該有個限度吧！」

本該是兩分鐘就能致死的毒藥，但即使蜜涅娃眼冒血絲、瞳孔發白、皮膚被毒液覆蓋成紫紅色，也沒有停止揮劍。

然而，這看似永無止境的僵局，終於要迎來尾聲——

「老朽作為勇者，絕不能在這兒落敗！」

將劍與心合為一體，如風刃般的劍氣在她周圍盤旋。一片落葉隨風拂過，而葉片立刻化為無數殘骸。

馬爾有股不好的預感。

當她釋放劍氣的那一刻，將化成千刃襲向他，一旦正面觸碰便會被斬成塵埃。

……只能逃了！

「你逃不掉的！」

馬爾盡可能拉開距離，但蜜涅娃身上的劍氣已經凝聚在劍上，隨後跟著揮下的劍投射出去。

白色狂潮劈開大地，筆直朝著馬爾位置衝去。

直到最後——

砰轟！

爆裂聲化為斬擊，切割空氣，切割空間。

位於集火處的馬爾，以極為勉強的側跳躲過了光刃。但仍難免被劃破風後的衝擊給直接命中。

他的藥瓶破了。

他的護甲壞了。

他的身體裂開了。

「……嘎哈！」

口吐鮮血，馬爾被無賴的力量之差給震飛在地。

與此同時，強忍著劇毒痛苦的蜜涅娃也終於到極限。她半跪在地，口吐大量鮮血，全身顫抖個不停。

「妳終於……到極限了吧，老不死。」

「呀哈、哈哈哈……咱們半斤八兩吧，馬爾弟弟。」
這場戰鬥，以兩敗俱傷畫下句點。
失去解毒藥水的蜜涅娃，迎來死亡是遲早的事。
而失血過多，無力站起的少年，離死亡也只剩一步之遙。
他們兩人再過不久，便會步入死亡的結局。
「老朽還不能倒下。」
然而，以此話為信念，蜜涅娃拖著殘破的身軀又站了起來。
「……所謂的勇者吶，就是不管被擊倒幾次，都會不斷站起來……為了擊敗邪惡，這點程度又算什麼！」
勇者將信念化為最後的力量。
握緊劍柄，舉起聖劍，蜜涅娃即將揮下結果的一擊。
「……是我輸了嗎？」
相較於老人的毅力，馬爾已經精疲力盡了。
隨著血液從腹部和口中流出，他感覺身體逐漸冰冷，意識逐漸模糊。
就算擬定各種作戰計策，仍無法戰勝壓倒性的力量。
魔族落敗了，他決定接受事實，靜靜地閉上雙眼，讓寧靜陪伴他到最後的時刻。
就這樣靜靜地……
「唯有身處黑暗，才能看見光明的出口。」
……？

此時此刻，一道女性的聲音在他心頭作響。

那是誰的聲音？明明如此陌生，卻又如此熟悉……

彷彿夢，又彷彿被奪走的記憶再現。而且那道聲音不知為何，讓他心頭湧現一股不曾有過的熾熱與感動。

是前世記憶吧……

那個人是誰？馬爾已經連外貌都記不起來了。

縱然如此，他依稀記得那個人是自己這一生中最重要的人。

……願意傾盡一生，去服侍的「主人」。

就算知道，睜開眼睛仍然只有絕望。

但是，馬爾願意為了「服從」那道聲音，再次睜開雙眼。

順著心意重新睜開眼睛的馬爾，此時看見一道少女的背影。

模糊的視線緩緩敞開，他得知了那道背影的真實身分。

「別想動本王的部下一根寒毛！」

魔王露希兒將雙手呈「大」字型，阻擋在他們兩人之間。

「喂……咳！魔王，妳這是……在幹什麼！」

「雖然不知道發生什麼事，但蜜涅娃奶奶想殺了馬爾吧。既然這樣的話……」

「妳想和她正面對抗嗎……蠢蛋，就算她快死了，妳也不是她的對手！」

「蠢蛋是你才對！」

露希兒撕聲喝斥，讓馬爾不禁倒抽一口氣。

「本王怎可能放著部下不管，保護部下，本來就是魔王的義務啊！」

「妳這傢伙，拖著『邪乏』的身體過來，也要保護我嗎……」

兩人對話期間，被劍氣纏繞的老人仍高舉著聖劍。

在任何人眼裡，「她」彷彿已經不具自我意識，只剩下「信念」驅動著她行動。

感情、道德、善意……這些作為蜜涅娃的人格，已經隨著那對發白的雙瞳中，如蒸發般逝去。

他們知道舉起的劍會揮下。而當露希兒做好準備，在手上凝聚邪氣來抵擋襲來的劍氣時——

噹啷。

伴隨著聖劍落至地面，老人突然給露希兒一個擁抱。

「……小娜，妳終於回來了。」

「……？」

「對不起，奶奶又做錯了……明明說好了，劍是要用來守護他人的……」

蜜涅娃語帶哽咽，彷彿將粉髮少女誤認成某人。露希兒一時之間愣在原地。

不過，這樣的意外也只持續一下子——

「……嘎哈！」

「蜜涅娃奶奶！」

老人又口吐鮮血，這一次，她真的撐不住倒下了。

露希兒連忙扶著她的身體，看到她全身紫紅，毒液已經蔓延到全身。

「快到我房間的桌上拿解毒劑來！」

「欸？解、解毒劑？」

「別愣在那裡！再不快點的話……咳！她就要被毒給……」

「唔……是！本王馬上就去！」

聽了馬爾的指示，露希兒放下蜜涅娃，連忙朝著小木屋方向站起身子。

不過——

在那之前，蜜涅娃卻握住了她的手腕。

「小娜，不用麻煩吶。」

「蜜涅娃奶奶……」

「這是報應吶，因為奶奶呀，又對著魔族湧現『殺意』了。」

「…………」

「剛剛呀，奶奶聽見了喔，那個魔族弟弟其實打從一開始，就沒打算殺掉奶奶吧。」

她用著已經失去視力的雙眼，面帶微笑看著露希兒。

「他就像妳一樣吶，戰鬥不是為了消滅敵人，而是為了保護重要之人。所以奶奶決定了……就用這條性命，來讓這份意志延續下去……」

她以自身「善」的性命，來換取兩名「惡」的未來。

若這是名為「蜜涅娃」勇者的選擇，那誰又能阻止她崇高的想法呢。

就算知道老人是在對某人說話，但露希兒仍是握著老人的手，眼眶泛起淚水。

「小娜……要好好照顧自己吶。」

就像臨走前的叮嚀，她叨叨說著。露希兒也不斷點頭回應。

「還有呀，不要像奶奶一樣死腦筋，思考要柔軟一點吶。」

「嗯……」

「離開森林的時候，要記得要多帶點保暖衣服……不要著涼了吶。」

「嗚嗯……嗯！」

「還有吶、還有吶……」

老人的聲音逐漸變得虛弱。再也無法忍住悲痛的露希兒，眼淚如瀑布般從臉龐潰堤。

「最後吶，可以答應奶奶一個請求嗎。」

滄桑的面龐緩緩彎起嘴角，此刻老人的笑容，比朝陽還要溫暖。

「笑著跟奶奶……好好地道別吧。」

就如同一開始那般和藹慈祥，聽到老人最後的情求，露希兒也試著擦拭淚水，努力掩住啜泣聲。

直到能在嘴角描繪弧線後，她才張開唇瓣，向老人開口。

「嗯，後會有期，蜜涅娃奶奶。」

彷彿看見了少女純真的笑顏，蜜涅娃安詳地笑了。

等她閉上眼後，就像睡著一樣，露出幸福的表情離開了人世。

⚔ ⚔ ⚔

「東西都準備好了吧？」

馬爾走到木屋門口，回頭望向佇立在原地，盯著空蕩蕩餐桌的少女。

她沒有言語和表情，只是淡淡地看著。

那曾經三人每天都在位子上吃飯的回憶，將在他們踏出門後，永遠不復存在。

「妳沒問題吧？」

「哼，你在說誰呀，本王可不會為了這點小事就停下腳步的。」

露希兒轉過身，經過一個下午後，她總算恢復了原本的神氣。

魔族打倒勇者後，終於得到大量的邪氣，不但解除了露希兒瀕臨邪乏的危機，還意外地讓馬爾傷勢復原。魔族似乎不像人類要仰賴魔法來治療，若邪氣量充足，傷勢也恢復很快。

「說得也是，至少有好好幫她安葬，希望這行為不會影響到邪氣量。」

「那是屬於人類的特有儀式，魔族的安葬並不具備『善意』……話說回來馬爾，你的身體不要緊吧？」

露希兒難得向人道出關心，可是馬爾只是冷冷地撇過臉。

「要我說幾遍才行，身體已經可以自由活動了。只需再半天的時間，應該就可以完全恢……嗚呃！」

「馬、馬爾?!」

突然，馬爾彎著腰從胃部吐出一堆嘔吐物。露希兒連忙走過去確認情況。

「果然是留下後遺症了，你今天好像吐了三次？」

「沒事的，只是第一次做這種事，讓我不太習慣罷了。」

「……第一次？」

露希兒困惑地歪起腦袋瓜。然而等她了解那番話的意思後，她睜大雙眼詫異道。

「難道說，這是馬爾第一次『殺人』嗎？」

他沒有回應露希兒。等身體狀況穩定後，他走去拉開門把。

「走吧，接下來得解開『人類變成勇者』的謎團了。」

任由晚風拂過身心，他毅然決然地邁開步伐。

他知道，這是一條只有無止盡痛苦與折磨的道路。

但為了奪回魔族的和平，以及失去的記憶，無論如何，他都要排除萬難繼續前進。

「──『邪惡復興』，才剛開始而已。」

第三章・虛張聲勢

「呃呃馬爾，我們還要走多久啊！」

在綠意盎然的森林中，馬爾取出地圖，為疲憊又不耐煩的少女解答。「從我們的位置來看，大概再走十公里就到了。」

「還有十公里?!我們已經走上半天了耶！」

「妳以為森林是誰家的後花園嗎。」

離開小木屋後，兩人的目標是往人類最大的城市「伊培塔尼爾」前進。

聽露希兒說，那裡是人類與魔族戰爭結束後才興起的城市。因為過去最強的「傳奇勇者」就是在伊培塔尼爾出生。然而，他的後代成了一國君主，將王城蓋建在此，最後不知不覺變成人類繁榮的市中心。

人類打倒魔王的關鍵，不外乎與「傳奇勇者」有關。因此馬爾很快就決定目的地。

他們從昨晚就一路走著。直到隔天太陽高懸天際，他們仍是只看得見一片綠色光景。

「路線沒有錯嗎？整條路上都沒看見人工步道，我們該不會迷路了吧！」

「不相信我的話，妳可以自己找別條路走。」

「喂，這時候不是該說『放心，跟著部下走就好』之類的安慰話嗎，你這雜魚，說話真是一點都不可愛耶。」

「從我一開始評測太陽的方位來選方向，推敲時間和太陽升起、以及倒影的角度，再透過氣溫、溼度、氣味，分析風向來看——我保證這條路一定是正確的。這樣有安慰到嗎？」

「只要最後那句就夠了啦！」

露希兒不悅地半睜著眼。馬爾無視她的不滿，伸手指向前方。

「穿過前面的草叢就到了。」

「欸，你剛不是說還有十公里嗎？」

「就算是我，也沒辦法一次走完全程的路，所以得找個地方暫住下來。」

「你說暫住的地方，該不會是……」

眺望遠方不遠之處，有一座以岩磚堆砌而成的宏偉建築。

彷彿經歷無數歲月，歷史的裂痕深深地烙印在每塊石磚上。而藤蔓像是大自然的擁抱般，緊緊地包覆著整棟建築，給人一種古老又神祕的感覺。

比起洞窟和森林，馬爾認為住在房子裡至少舒適多了。就這樣，他們大概走了十五分鐘的路程，終於來到古堡面前。

不過等他們走上門廊階梯之後，卻面臨到一個問題。

「果然打不開呢。」

馬爾用手推了一下石製大門，結果沉重感立刻讓他明白用蠻力是打不開的。

「蠢蛋，看也知道是術式啟動的機關門，要打開的話，得先解開施術者所構築的咒文才行。」

「那看樣子沒機會解開了。」

好不容易找到暫居處，卻被施加魔法封印，導致沒辦法順利進去。

不過還好這些都在馬爾的預料之內。

「解不開的話，就用粗暴點的方式吧。」

他抬頭掃視著古堡每一塊石磚。

做過無數石製工藝的他，熟知所有岩石表層最脆弱的部分。因此等他盯上古堡二樓處的某塊石磚後，他立刻抓著藤蔓攀爬上去。

像摸床單那樣輕撫著石磚的表層，等確認是自己要的質地後，馬爾立刻拿出沾上「傲慢權能」的小刀，朝石磚縫隙刺了進去。

啪啦。

隨著小刀刺中的位置，周圍開始蔓延如蜘蛛網般的裂痕。馬爾再用力踢一腳，最後終於成功打出一個「入口」。

就算來到魔法世界，他仍能利用最原始的常識來化解危機。

「這樣就能進去了。喂魔王，雖然爬上二樓有點為難妳，但這是最有效率的方法——」

咚轟轟轟！

話沒說完，附近突然傳出一陣巨響，馬爾感覺古堡正在搖晃。

等他低頭看向站在大門前的露希兒時——岩石大門敞開了。

嬌小少女手上圍繞著淡淡的紫黑色光芒，隨後門的機關被她輕易地化解開來。

「呵。」

她抬頭撇了馬爾一眼，得意地發出一聲冷笑後，才從容地走進古堡內部。

白白做苦工的馬爾只能佇立在原地。

「這傢伙絕對是故意的……」

⚔ ⚔ ⚔

「這座城堡，曾經是暴食魔王『別西卜』的地盤，本王以前造訪過幾次。」

「難怪妳有辦法解開咒文。」

時光的侵蝕在石磚上留下深淺不一的痕跡，愈是深入內部，古堡外觀就愈顯得破舊。

走在寂靜陰暗的長廊上，露希兒環顧四周，開口道。

「別西卜大人無止盡的食慾，讓他每天都得吃上好幾頓的食物，這座城堡大概有一半以上都是他的屯糧庫吧。」她宛如憶起過往般，臉蛋有些惆悵。「但自從勇者入侵魔族地盤後，他就沒日沒夜戰鬥著。不知道，當時有沒有好好吃飯呢……」

看著少女獨自感嘆，馬爾沉默，無法給予她任何安慰。

不管魔王有再強的力量，遇上源源不絕而來的敵人，遲早也會因體力耗盡而落敗。這座空蕩蕩的死城，已經說明了結果。

勇者以海量的人數占據優勢，不管如何都要解開人類都變成勇者的謎團。為此，馬爾現在需要更多情報。

「說起來，這世界是如何區分善惡勢力的？為什麼只有人類代表『善』？」

「啥？連這問題都不知道啊，無知的雜魚。」

「別說些沒意義的話，快回答。」

「好吧，那本王就大發慈悲講解給你聽。」雖然表情無奈，但露希兒還是熱心解釋道：「首先，區分善惡最簡單的方式，就是看個體是運用『聖氣』還是『邪氣』了。只有以神明形象為基礎的『人類』才能運用聖氣。反之，其他違背神明形象的生命體……像是有著犄角的本王，或是有著魔獸耳朵的馬爾，這些都被統一被歸類為魔族，使用的就是邪氣的力量。」

聽完她的說明，馬爾屏氣陷入思考。

原來這世界除了人類以外的種族都被歸類在魔族。如果不是以邪性來區分，那麼……

「萬一有魔族不想作惡怎麼辦？」

馬爾相信並非所有魔族都是壞到骨子裡的傢伙。但此刻露希兒卻投以嫌棄的目光。

「哼，那種軟腳蝦當然都被淘汰啦，不想作惡的雜魚在魔族中是混不下去的。」

「妳說這些話都不會感到羞恥嗎……」

她是不是忘記自己昨天救了一隻兔子？雖然在內心吐槽，但露希兒能活到現在，大概也是靠魔王血統的生命力在硬撐吧。

得趁著尚有一絲邪氣量的期間，加快腳步讓邪惡復興了。

「總而言之，『外貌』與『聖氣』就是人類判定友方的依據吧。既然如此就好辦了。」

「嗯？」

隨著露希兒歪頭困惑，馬爾輕輕地彈一下手指。

結果下一秒，他的「外型」發生了變化，露希兒詫異地開口。

「你、你的耳朵和尾巴怎麼不見了？還有這股噁心的味道……唔！跟蜜涅娃奶奶一樣，難道是……」

「我似乎也學會了『權能』。這招具有妨礙辨識的能力，可以錯亂他人視覺、觸覺、嗅覺，甚至連體質都能混淆。」

自從馬爾打倒勇者得到龐大的邪氣後，也自然學會了魔族的力量。

不僅可以隱藏特徵，還能產生虛假的「聖氣」，讓露希兒捏住鼻子，感受到貼近真實的氣味。

「忍耐一下吧，畢竟到人類的城市後，我們得習慣聖氣的味道。」

「……呃呃，漁港的臭腥味都比這個好聞啊。」一臉嫌氣的露希兒，此時像想到什麼般，將話鋒一轉，「話又說回來，原來馬爾的權能是『虛榮』呀，噗噗。」

「有什麼好笑的嗎？」

「沒事唷，只是想到你竟然是魔族九大族系中最弱的『虛飾世族』。呵，果然是一條雜魚，和本王最強的『傲慢世族』完全不能相比呀。」

露希兒露出揶揄的目光遮嘴掩笑，對此，馬爾只是聳肩。

「能力終究是要看場合來使用的。說起來該輪到妳了。」

「欸？」

馬爾又再次做出彈指動作。

響亮的清脆聲迴盪在走廊上，與此同時，露希兒好似感到不對勁，她停下腳步摸著自己的頭。

「奇怪，腦袋好像變輕了……咿耶?!」

她用撥亂頭髮的力道搔著雙馬尾兩側，結果都找不到「犄角」的觸感。取而代之的是兩搓可愛的粉紅色髮帶。

「本、本王以引為傲的犄角呢?!」

「暫時幫妳隱藏起來了。」

「你說隱藏……等等！本王記得『虛榮』只能用在自己和無機物身上吧，為什麼人家也會？」
「誰說有那種限制的，只不過對他人使用，需要滿足一個條件。」
「條件？」
「那就是讓別人吞下施術者的『體液』。藉此將魔力寄生到他人體內，就能對別人施展妨礙辨識了。」
「吞下施術者的體液……咿！」
慢了一拍的露希兒這才察覺到話語中的異常，她詫異地臉色鐵青。
「等等，所謂的體液不就是口水、汗水，還有男人的……你、你你你到底給本王吃了什麼啊?!變態！噁心！雜魚！」
崩潰的露希兒一下子遠離馬爾十公尺遠。還好長廊的傳話效果不錯，馬爾聳肩冷冷道。
「不是有人上次突然咬了我一下，主動吃下我的『血液』嗎？」
「欸？啊，嗯……好像是呢。」
誤會的露希兒脹紅著臉蛋，又默默地走了回來。
「真是的，這種無聊對話要幾次才甘願……嗯？」
突然，馬爾敏銳的五感察覺到異常的氛圍。銳利的氣息不斷扎著腦門。
「怎麼了嗎，馬爾？」
「別說話。」
馬爾靠近露希兒以手護著，此時長廊地表傳來微微的震動。
伴隨著逐漸加速的心跳聲，馬爾嚥了一口唾沫，直到最後……

砰轟轟轟！

隨著牆壁的爆裂聲響起，一道烈火以垂直的方向貫穿長廊，嚇得兩人愕然失聲。

火光的餘骸親吻碎磚，燃燒地毯的焦臭味與濃煙瀰漫在長廊上。大地傳出悲鳴，一頭龐然大物從破掉的牆壁中現身。

是三頭犬。

十五公尺寬與高的長廊在牠那巨大體型下顯得相當擁擠，漆黑如地獄色澤的毛皮，眼瞳散發著銳利的金光，簡直就像黑夜的獵人一樣，光是存在就足以知曉危險性，

「……嗚嗚吼。」

牠將三對駭人的目光盯著在場兩人，發出可怕的低鳴。

「……是、是你嗎？可魯貝洛斯！」露希兒詫異道，「原來你一直在守護著別西卜大人的城堡嗎？」

「總感覺牠對我們充滿敵意。喂，既然是認識的，妳就和牠溝通看看吧。」

「蠢蛋！地獄犬都是生性暴戾的魔物耶，除了別西卜大人之外誰也駕馭不了牠。」

「那只好用『虛榮』變成那位魔王的樣子了。」

「沒用的，可魯貝洛斯能聞出每個人身上特有的魔力氣味，任何幻術都對牠無效。」

「是嗎？」馬爾輕輕吐一口氣，說道，「那果然只能跑了呢。」

「欸？咦——」

不顧露希兒的反應，馬爾像夾公事包一樣把她夾在右邊腋下，然後趕緊朝魔獸的反方向逃跑。

一場獵手與獵物的追逐戰開始了。

「等等，你抱反了吧！本王的臉現在是在後面啊！」
「我知道，後方就交給妳了。」
「什麼意思？被這樣抱著是能做什——咦咿咿咿！」
看到黑色巨獸張開巨口凝聚火光時，嬌小少女嚇得發出尖叫。馬爾立刻意識到後方的攻勢，他趕緊向右側大跳一步，成功躲掉襲來的火球。
可魯貝洛斯似乎對逃跑的獵物感到不悅，牠發出低鳴，隨後壓低身體，向逃亡的兩人展開暴衝追擊。
「咦咿咿咿快蹲下！」
馬爾迅速彎下腰，閃掉了從頭頂襲來的火球。
「這次是腳邊，快跳起來！」
馬爾用障礙賽跑的跨越動作，躲掉了朝地板襲來的火球。
「牠加快速度了，跑快點啦!!!!!!!!!」
在巨大獠牙朝露希兒咬下的瞬間，馬爾立刻加快步伐，最後在幾公分之差免於被咬斷頭顱的命運。
被當成「後照鏡」的嬌小少女，彷彿觀看著地獄與暴力的恐怖光景，鎧甲被咬碎、牆壁被撞裂、地表被踏凹、掛畫被燒融、吊燈被扯斷……路徑上只要是魔獸經過的地方都立刻化為殘渣。
究竟黑色巨獸散發的敵意，是基於想守護主人的家，還是單純為等待許久的獵物找上門而感到喜悅？這些都不再重要了。
牠不是邪惡勢力的友軍，而是敵人。
馬爾一路跑著沒有停歇，從長廊跑到螺旋樓梯，再跑到城堡頂樓。但不管往哪裡逃都擺脫不了後方的追擊。

每一次獠牙逼近時，露希兒都只能含淚閉眼祈禱平安無事。

「可惡……本王可是堂堂的魔王，不能一直被狗追著跑啊！」

露希兒心生的恐懼轉化成憤怒，她咬著牙，全身跟著發出黑暗氣息。

「到前面那座橋的中間就放本王下來！」

「什麼，難道妳想跟牠正面對抗嗎？」

「本王已經想到一個好辦法了。」

難得從她口中聽到這種話，雖然充滿狐疑，但還是順著她的意試試看。

等到了石橋中間，馬爾放下露希兒，讓她與緊追而來的可魯貝洛斯對峙。

「區區的雜魚膽敢放肆，給本王趴下吧！」

無數宛如閃電的黑色閃光環繞在小小的拳頭上，露希兒將黑暗力量凝聚在右手。之後——

「哈啊啊啊啊！」

伴隨著怒吼，她將帶有「藐視」的攻擊，狠狠砸向了石橋地表。

縱使是具有承載數百噸重物的石橋，在傲慢的權能面前，一切如同沙粒般被輕易貫穿。

地表頓時龜裂，察覺到異樣的黑色巨獸退後半步，但此時裂開的地表早已蔓延到牠的腳下。

脆化的石橋，因承受不住可魯貝洛斯的體重而垮下來。

「……嗚吼吼吼！」

黑色巨獸發出哀號，就這樣，牠從王城頂樓直直墜落。

古城的安寧終於再度歸來。

「哇哈哈哈！可悲的雜魚，乖乖在地獄反省吧。」

「竟然真的被妳解決了。」

「哼，這點程度的對手，本王根本不費吹灰之力嘛。」說完，她態度一轉，對馬爾半睜著眼，撝嘴笑，「說起來呀，明明都度過一場危機了，但好像有個雜魚沒跟本王說什麼呢。」

「……妳這傢伙，蹭到一個功績就得意起來了。」

「噗噗，等本王力量恢復後，這種事以後多的呢。好啦，快獻上你最誠摯的感謝給本王吧。」

「死也不要。」

「哦？臉怎麼轉到一旁了，害羞了嗎害羞了嗎？噗噗。」

她的態度如往常般，一點都不討喜。

但說真的，她只是得到一點邪氣就能發揮出破壞石橋的威力。看來露希兒說自己是最強的魔王並非空話無憑。

「……？」

突然，在享受著勝利喜悅的同時，馬爾注意到少女腳下的地表正在龜裂。

「魔王！別站在那裡，快回來！」

「嗯？欸、欸欸欸⁈」

可是等她意識到的時候，地表已經鬆垮到讓她站不穩。

馬爾以最快的步伐前去搶救，但此刻她站的位置已經剝落開來。

他試圖伸手抓住露希兒。

可沒想到，伸出去的手，抓住的卻是虛無。

少女的身影，就這樣跟著剝落的石骸，一起沉於遙遠的彼端。

「——魔王!!!!!!!!!」

敞開喉嚨的聲音在古老的城堡中迴盪著。

但無論少年怎麼嘶聲力竭呼喊，少女恐怕都聽不見了。

⚔ ⚔ ⚔

失落的古城內部，迴盪著急促的腳步聲。

馬爾止住喘息，在靜謐的螺旋階梯裡不斷往下前進。對他而言，時間就是最大的敵人。

與露希兒分開後，脖子上的項圈不時閃爍紅光，刺激大腦的警報讓他感到一陣暈眩。

不過也多虧項圈的反應，讓他知道露希兒還活著。因此得用最快的速度將她找回來。

「可魯貝洛斯應該不會輕易摔死，如果牠還在魔王身邊的話——」

想到那頭黑色巨獸跟著露希兒一起摔下去，讓馬爾難以卸下心中的不安。

最後，當他終於脫離彷彿永恆的螺旋之後，他來到一座陰暗的地牢。

這裡宛如被遺忘的地獄，腐臭和鐵血味刺激著鼻腔。溼冷的牆壁沾滿了發霉的斑點，疑似啃食腐壞肉塊的蛆型魔蟲在他腳邊蠕動著。

光是站在門口就讓人不寒而慄，馬爾忍受難聞的氣味，踏進監牢。陰暗牢房內沒什麼光源滲透，但習慣身處暗處的他仍能洞悉四周。

「各個監獄都塞滿了裝袋物和箱子，這裡難道是別西卜的『儲糧室』之一嗎？」

以暴食為名的魔王，不難想像他的行事風格。只是戰敗後使得這裡變成一塊腐惡之地。
馬爾憑著他們墜落方位和直覺，最終找到一座跟籃球場差不多大的監牢。
而在這裡的，除了一如往常堆砌成山的腐壞食物外，還有一隻黑色巨獸躺在那裡。
可魯貝洛斯以「無頭」的姿態慘死在屍袋堆中。
「這是……」
馬爾不禁倒抽一口氣，死亡的可魯貝洛斯，怎麼看都不像是「摔死」的。
三顆頭都和身體分離，局部毛皮慘遭炭化，而且身上還插滿弓弩和飛刀，可說是承受諸多攻擊後才死在這裡。
沒想到竟然有比巨獸襲擊，還更加令人毛骨悚然的要素摻雜進來。
「可惡的雜魚們，快點放開本王！」
忽然間，熟悉的少女聲音在耳畔響盪。
馬爾本想找她，但看到走廊上逐漸接近的光源後，他反射性躲藏起來。
「唉，拜託妳別掙扎啦，看看啊，我中意的鎧甲都被妳踢凹了。」
「哼，嫌吵的話現在殺掉不就好了嗎，幹嘛一定要帶回隊長身邊。」
「這次一定要讓魔族平安活著。我們已經違反隊長命令殺掉三頭犬了。不許再出意外。」
「對呀，芙蕾雅大人最討厭見血了。趕緊把魔族帶回去，讓芙蕾雅大人好好誇獎人家吧！」
馬爾探頭，看見了四名人類。若要以特徵區分他們，那大概就是「騎士男」、「黑袍男」、「弓手女」、以及「魔書女」。
其中騎士男把露希兒扛在肩上，而魔書女在手中凝聚火球擔任照明。

不必多想，他們肯定都是勇者。而且每個人身上散發出來的聖氣都比蜜涅娃濃厚，光從遠處就能聞到聖潔無垢的刺鼻味。

「他們竟然能看破偽裝，揭穿露希兒是魔族的身分。」

照理說馬爾已經用「虛榮」把露希兒體內的邪氣及魔族特徵都掩蓋掉了，人類不可能一眼就辨識她的真實身分才對。難道是露希兒自己暴露了？

不管為何，馬爾不能坐以待斃，他用以前學到連警犬都難以察覺的無聲步伐，尾隨著那群勇者。越過窄路、竄過十字路口、跨過臺階，在宛如迷宮的巨大地牢中，那群勇者前進的路上沒有迷惘，彷彿有什麼在指引他們一樣。

直到最後，當那群人停下腳步時，馬爾立刻躲在轉角後面，偷偷探頭觀察。

下一秒，他不禁瞪大雙眼。

「怎麼可能，這個地方竟然——！」

彷彿瞥見了令人驚嘆的奇景，他痴痴地望著勇者所在的那片空曠區域。

是花海。

陰暗地牢中，彷彿只有那片區域恢復了生命氣息。無數色彩繽紛的花朵從磚縫中盛開，數隻金粉化形而成的蝴蝶在空中漫舞，照亮著這片大地。現場猶如一幅神祕又美麗的畫卷。

這片迷人的芬芳瀰漫在空氣中，驅散腐臭、驅散黑暗。然而其中，有一名金髮少女跪坐在鮮花綻放的海洋裡。

她身穿輕柔的白色法袍，隨風拂動的衣襬就像天使羽翼，金髮如瀑布般垂落在纖細的肩上。宛如純真的精靈。為這席美麗光景錦上添花。

「芙蕾雅大人，我們回來了。」

隨著弓手女低語道，金髮少女緩緩起身。她一邊聞著手上花蕊的香氣，一邊回眸望向聲音來源。

「各位夥伴辛苦了，願你們的辛勞得到神明大人賞賜。」

名叫「芙蕾雅」的少女，半睜著如湛藍湖水的明亮雙眸，綻放一抹幸福的微笑。

她的聲音充滿著母性的溫柔，讓在場所有人都臉頰泛紅，陶醉在這股慈愛之中。

「那個，芙蕾雅大人！我們聽了您『神語』的指示，終於找到偽裝成人類的魔族喔。」

「唉，不過說來遺憾，我們途中還遇見一隻失控的三頭犬。為了阻止混亂，只好送牠一程了。」

「照『神語』的指示，偽裝成人類的魔族有兩名吧。所以三頭犬並不是我們在找的對象。」

「哼，另一個該死的魔族不知道躲到哪去了。」

「我明白了，竟然還發生這種插曲。願逝去性命的靈魂找到安寧的歸屬。」

芙蕾雅閉上眼睛，雙手交握向天空祈禱，為死去的魔獸惋惜。待儀式結束，她閃動清澈的眼眸，低頭輕輕語道。

「沒有履行神明大人的指示，還害死一條無辜生命。這都是聖職者的疏失……嗚，抱歉，我果然不適合擔任這次搜查隊的隊長吧。」

為沒盡到的義務、以及意外死去的性命悲嘆，芙蕾雅手摀著嘴啜泣。其他隊員連忙出聲安慰道：

「沒、沒這回事喔隊長！妳為我們做很多事了。」

「對呀，這是我們的問題，和您一點關係都沒有喔！啊啊，失落的芙蕾雅大人也非常美麗呀！」

「唉，總而言之大家再努力找找吧。有隊長『希爾芙蘿』的淨化加持，就不怕這片腐敗之地的瘴氣了。」

「你們……沒錯，神明大人一定不想看到我落魄的樣子。為了讓神明大人安心，得再加油才行！」

在同伴們的鼓勵下，芙蕾雅閃爍淚珠，從消沉中振作起來。

「既然隊長恢復精神了，那來討論一下該如何解決問題吧。」

「唉，這座古城那麼大，而且躲起來的魔族似乎又有偽裝能力。簡直是大海撈針呀。」

「關於這點，我有一個好方法。」

黑袍男冷冷道後，所有人都將目光集中在他身上。

緊接著，見他走到騎士男的側邊，然後拿出藏在黑袍中的小刀，抵著露希兒的頸部。

「……咿！」

「臭小鬼。不想在脖子上留下疤痕的話，就乖乖從實招來。」

「區、區區的雜魚，竟想威脅本王！」

「哼，個頭小，口氣倒是不小嘛。」

「憑什麼說本王啊，你不也是矮冬瓜一個嘛！」

「什麼……！」

本想威脅對方，卻被少女惡言回擊，讓黑袍男氣得把刀刃陷進她脖子的肉中。

但露希兒也不甘使弱，即使眼眶泛淚，也沒有露出一絲屈服的態度。

兩人彷彿在比拚勇氣的底線。在這股低氣壓之中，有道聲音打破了僵持。

「快住手，弗雷。」

「…………」

「不可以用激進的手段，神明大人一定不喜歡這樣子，我們應該要更加溫柔地去對待『惡』才行。」

「隊長說得沒錯，只有魔族才會幹出『威脅』這種卑鄙手段。」

「真不愧是芙蕾雅大人，連對待可惡的魔族，都像葉子尖端凝結的露水一樣純潔。啊啊，我又再次體會到戀愛的滋味了！」

「唔，抱歉了，我竟然做出和魔族一樣的事。」

「沒關係的，只要你也虔誠地向神明大人傾訴罪孽，祂一定也會寬恕你的不潔念頭。」

在大家的勸說下，黑袍男終於收起小刀。就在露希兒為此感到安心的同時——

「來，可愛的小花蕊。」

「咿！」

更加鋒利的氣息，讓她瞬間打起寒顫。

僅僅只是那純潔的嬌容湊近，就讓露希兒感到呼吸困難，冷汗像噴發般不斷從頸部滑下。

「請告訴我，妳的同伴在哪裡吧。」

芙蕾雅泛起動人的藍色雙瞳，十指交扣請求著。

在任何人眼中，肯定都認為這只是一名楚楚可憐的少女在溫柔拜託。但對魔族來說卻不是如此。

這是名為「憐憫」的暴力。

遠比任何花海還要迷人的聖潔之氣，不斷侵蝕著邪惡魔王的五臟六腑。邪氣遭受淨化……這是比拷問更加駭人、比囚禁更加冰冷，只針對邪惡的專屬懲罰。

瀰漫在沉默的氛圍下，承受濃厚的神聖氣味，被潔白無垢的目光壓迫的露希兒最後終於……

「嗚呃呃呃！」

終於受不了地嘔吐了。

「啊，抱歉抱歉！忘記我的聖氣太強了，妳一定非常痛苦吧？真的很抱歉！」
「不愧是芙蕾雅大人，連少根筋的方面也非常可愛呢！」
隨著一旁魔書女拍手附和，鞠躬道歉的芙蕾雅慢慢退後幾步。這才讓露希兒有呼吸的空間。
「呼哈……只要說出部下在哪裡，你們就願意放過本王嗎？」
「嗯，作為聖職者的我，是不會在神明大人的注視下說謊的。」
「那本王的部下呢？你們也會放過他吧。」
「那是當然的，不管是妳還是其他魔族，只要在我的庇護下，你們絕對不會再承受任何苦痛了。」
深呼吸，雙手緊扣，金髮少女頸部微微側傾，以最誠懇的微笑說道。
「——以神明大人的名義發誓，我將寬恕你們的罪孽。」
金色粉末般的蝴蝶翩翩起舞，她宛如天使的化身，原諒邪惡，接受邪惡、擁抱邪惡。
陰沉的死寂之地在她的照耀下變得十分明朗。而她無私的愛更是直搗人心。
實在太過耀眼了。
躲在轉角處的少年，心頭為之一震。
根本無法拒絕這份慈愛，為何這世上會有如此美麗的女人？無論是她的潔白身姿、還是環繞在她身上溫暖氣息。
太美了，不禁讓人渾身顫抖、太美了，不禁讓人打顫牙齒、太美了，不禁讓人停止呼吸……
她是令人垂涎三尺的蜜糖，身體每一處都美得讓人為之癡迷、讓人心生恐懼。
「唯有身處黑暗，才能看見光明的出口。」
掀開記憶的殘頁，那道聲音又再次響盪大腦。

是呀，她就是光明，她就是這片絕望中的唯一火炬。除了接受這份愛之外，不用去思考其他選項。現在只想立刻抱緊這份愛意，讓身心都陶醉在她溫柔的愛撫下。

只要從牆壁後面現身，就一定能得到救贖吧。

心生這份激情，一直躲在暗處的「他」，緩緩邁開了腳步。

「哼，誰要聞著妳那噁心的臭味活下去啊。」

然而才剛踏出步伐，就被一道嫌棄的聲音給制止了。

「竟然要本王出賣部下？雜魚的腦子再蠢也該有個限度吧。」

「欸，為什麼……」遭到駁回的芙蕾雅，訝異地瞪大雙眼，「明明我都以神明大人的名義保證，不會再讓你們受到痛苦了呀。」

「少自以為是了，開口閉口都是神明大人的，妳這個神的蕩婦！」

「…………」

「本王有著讓魔族復興的野心，才不想當妳家的看門狗啦！」

拒絕神聖的愛，魔王敲響牙齒，將憤怒化為勇氣並對聖女還以顏色。

「……妳這傢伙，竟敢這樣說芙蕾雅大人！」聽到敬愛的聖女被人口出惡言，讓魔書女憤怒地伸出右手，「吾向熾炎之神祈求，燃盡一切罪惡根源……」

魔力在手中化形成火球，彷彿凝聚著她的怒意，既熾熱又狂烈。

「希芙，快住手。」

「芙蕾雅大人！這魔族已經沒有感化的空間了，趕緊除掉她吧，以免對明暗星產生影響——」

「我說住手。」

二度道出的冰冷語氣，立刻凝結了在場所有人。魔書女倒抽一口氣後，趕緊消除手上的炎彈。

「小花蕊，妳剛剛說我是什麼？」

「啥？妳的雜魚耳朵塞了水藻嗎，要本王說幾次都行啦，妳這神的蕩婦！對神發情的變態！戀神癖！」

惡言接連脫出迴盪在地牢中，悚然的氛圍也慢慢吞噬著每個人的心神。

「妳竟然對如此尊敬神明大人的我……說這種話——」

虔誠被糟蹋，信仰被褻瀆，愛意被扭曲。芙蕾雅低下頭，雙瞳被瀏海掩蓋，全身上下都在顫動著。

完蛋了——這樣的念頭從其他四名勇者身上油然而生。

隨後，在眾人嚥下一口唾沫，受侮辱的聖職者她……

終於再也無法忍受了——

「討厭啦，竟然說我是神的戀人什麼的，才不是那樣呢！我只是每天虔誠地向神禱告而已，絕對沒有信仰之外的感情存在……但假設只有一點不潔念頭的話，神明大人應該也會寬恕我吧……啊，不行！聖職者不能有任何非分之想，不管怎麼說，果然還是得乖乖信仰神明大人才對，啊啊討厭，這樣以後禱告又要有奇怪的念頭啦……」

她捧著生熱的臉頰，像戀愛中的少女，不斷搖晃著身子。

「欸，原來真的是個變態呀……」

看到神聖少女扭捏模樣，露希兒似乎也放棄對她辱罵了。

他們意外的互動，讓這股緊張的氣氛終於緩和下來。與此同時，那躲在轉角邊的少年——

「真是的，沒想到我又被她給救了一次。」他不禁暗自苦笑著。

芙蕾雅異於常人的濃厚「聖氣」，足以讓魔族心生恐懼，想屈服在她的聖潔之下。

可是露希兒不但沒被誘惑，還鼓起勇氣放出那些狠話。若她沒這麼做，恐怕自己已經跪倒在敵人面前了。

為何她能在這股聖氣面前不被操弄心神呢？也許這就是身為「王」獨有的強大精神力吧。

「該輪到我送妳回禮了。」

為了回應這份救贖，從現在起，馬爾不會再被迷惑了。

因為真正該服從的人是誰，他早已心知肚明。

「喂，蟲子們。」

隨著冰冷的叫喚聲道入眾人耳畔，露希兒與五名勇者回過神，朝聲音來源望去。

「是誰！」

看見有人從牆壁後面現身，所有人立刻進入備戰狀態。與此同時，只有露希兒瞪大雙眼。

「那個身形……是馬爾？唔，等一下，你是蠢蛋嗎！為什麼要直接面對敵人啦！」

沒有武器、沒有盾牌，僅僅只是利用「虛榮」幻化出一個白色半臉的魅影面具，就從容地出現在大家面前。

連露希兒都知道，現況並不是馬爾單打獨鬥就能贏的局面。但他沒有回應少女，只是佇立在原地，任由數道目光審視自己。

在所有人還不理解他想做什麼時，馬爾緩緩伸出了右手。

這就是他曾經度過各種九死一生的局面中，最強大的「計謀」——

他以堅定的語氣，對前方的正義勢力，如此說著：

「把我的女人還來。」

⚔ ⚔ ⚔

「咦……咦咦咦耶？」

聽到馬爾那句話，露希兒遲了半拍才反應過來。她的臉頰瞬間染成蘋果色。

「你、你你你突然在說什麼東西啊！本王才不是你的那個什麼的……啊，對，本王是你的主人，別隨便攀到人家頭上了，你這個笨蛋、水藻、雜魚！」

她像連砲珠一樣語無倫次地碎碎唸。與此同時，眾人不理會她害臊的反應，全部一齊盯著面具少年。

「這股毛骨悚然的邪氣，到底是……」弓手女不禁驚嘆道。「難道是上級魔族？不對，恐怕是魔王的第一部下，是幹部級的！」

如毒藥般濃厚的邪氣緩緩蔓延開來，被黑流侵染的花瓣瞬間枯萎、漫舞在空中的金色蝴蝶失去生氣而墜落。詛咒將美麗的聖境化為滿目瘡痍的絕望。

「呿，該死的魔族，竟來一個棘手的傢伙。」

「唉，這下麻煩了啊，光憑我們的人數要對付幹部級有點勉強，至少要組織三十人討伐隊吧。」

「哼！你們在說什麼呀，難道忘了某位大人的存在嗎？」魔書女像隆重介紹一樣，朝一旁的金髮少女伸出手。「我們這裡可是有勇者中最強的『三傑』之一，芙蕾雅大人在呀！」

調查暴食魔王的地盤，勇者們早料到會遇上強大的敵人，因此派出一名實力強大的勇者來當領隊。

此刻芙蕾雅也沒有逃避責任，她替在場所有人向面具少年開口。

「你是打算來除掉我們這些闖入者嗎？」

「…………」

「連回答都不想啊，我們好像被小看了呢。」

就算是聖氣濃厚的芙蕾雅，在面對這股邪氣也不禁警戒起來。等待面具少年結束沉默，他又冰冷地開口。

「我再說最後一次——」

他的聲音驟降了現場的溫度，所有人為之屏息。

雖然他的聲音冷冽，但熱情的視線卻筆直投向被抓住的嬌小少女。

「馬爾……」

她知道，他等等會像剛剛那樣道出霸道的話語。

但不知為何，她的臉蛋又再度泛紅，彷彿期待般雙手揪在胸口。

「把那小鬼交出來。」

「……說法也差太多了吧!!!!!!!!!」

他就像黑社會流氓那樣說著。聞言後的勇者們好似陷入一陣躊躇。

「要我們還給你？哼，憑什麼要聽魔族混蛋的話啊。」

「唉，這一次我贊同弗雷的意見，好不容易抓到魔族殘黨，怎能輕易放她走呢。」

「沒錯！她剛剛竟敢侮辱芙蕾雅大人，我還沒找她算帳呢！」

「——這就是你的訴求嗎？好，我明白了。」

然而沒想到，唯獨芙蕾雅提出不同意見，讓所有人詫異地看著她。

「隊長？為什麼要聽魔族的話，這或許是陷阱也說不定啊。」

「芙蕾雅大人，雖然您善解人意的性格讓我尊敬無比，但萬一讓他們逃走，邪惡又會繼續侵染這個世界的！」

「各位，我明白你們的心情。但作為勇者的我們，不能在對方提出要回夥伴時，還強硬拒絕對方。」

「唉，也就是說不能『挾持人質』吧。畢竟那是邪惡在做的事情。」

若這個世界的「惡」被逼求做壞事的話，那相對「善」也會被要求不能做壞事。否則的話，明暗星就會染上邪氣。

騎士男緩緩把露希兒放下。此時她也趕緊躲到自己的部下背後。

「馬爾，你身上這股濃厚的邪氣該不會是……」

「安靜，讓他們聽到就完蛋了。」

「唔，本王知道啦。總而言之，趁他們還沒發現之前，趕緊逃──」

「我不會放你們走的。」此刻，芙蕾雅立刻高舉雙手，聖潔之力像花朵一樣從她體內綻放。

「以光明之神為名，為吾守護一切萬物……『普蒂瓦』。」

當詠唱結束，地表頓時劇烈晃動，周圍的花朵開始急速生長，諸多藤蔓枝葉將這塊區域籠罩起來，形成一個充斥自然之力的牢籠。

百花的盛開，既是邪惡的終結，芙蕾雅將兩名魔族逃脫的生路給活活封死。

「可惡，這群雜魚沒打算放棄啊，這下該怎麼辦才好？」

「不要緊，在被識破之前，這個『計謀』都還管用。」

面對極大不利的局面，且不像對付蜜涅娃那樣有足夠的時間布局戰場，馬爾能用的計策只剩下一招了。

某個歷史典故中，有一名智士在失去所有武將的狀態下，必須迎接數十萬大軍的敵人。而那位智士最後利用奇招，一口氣將千軍萬馬給逼退。

到了現今，這奇招仍是弱者的福音。若要幫它取個名字的話，那想必用這句成語最貼切了。

——虛張聲勢。

讓他們誤以為自己是幹部級的魔族，藉此逼他們主動撤退。

「你們的伎倆已經被我看穿了，其實這股邪氣是假的對吧。」

「…………」

「神明大人已經揭示過，兩名魔族以虛假之身躲藏在這座城堡裡。所以你是刻意製造虛假的邪氣，來欺騙我們逃走吧。」

然而芙蕾雅也不惶多讓，她很快地察覺到邪氣的端倪。

「別太看得起自己了，蟲子。」馬爾面不改色，像一具人偶般，「不要讓我說第二遍，快離開。」

「不好意思，神明大人還在看著呢。勇者是不會被敵人說幾句話就退縮的。」

「神明大人嗎……」

以手勢告訴夥伴退下後，芙蕾雅獨自走向前，與面具少年對峙。

「就讓我來代替神明大人揭露你的真偽吧。」

眼看謊言快被揭穿，露希兒急忙拉扯馬爾的衣襬。

「怎麼辦，萬一她發動攻擊的話……」

「沒事，早料到會有這種結果，所以我準備好對策了。」

「對策？真的嗎，那個對策是什麼！」

彷彿心中萌生新的希望，露希兒睜亮水汪汪大眼等待馬爾回答。

對此，馬爾以最小幅度輕輕轉動脖子，對露希兒投以最有信心的微笑。

那個對策就是──

「──『不要動』。」

「……咦？」

隨著露希兒發出困惑聲，忽然間，天空降臨一顆璀璨的光輝。芙蕾雅以聖職者之姿將雙手交扣，對著敬愛的神語吐祈禱。

「以光明之神為名，為吾降下潔淨之光……」

隨著詠唱，聖女與她項鍊上的藍寶石發出共鳴，光輝漸漸凝聚成一顆小型太陽，神聖之力不斷膨脹著。

「真的不要動嗎！她好像要放魔法了，趕快躲開啊！」

「…………」

「喂，馬爾！」

縱使敵人在詠唱神聖魔法，馬爾仍不為所動，表情也沒有一絲一毫的動搖。

這一刻，世界彷彿投入光明的懷抱。而芙蕾雅，最終將這股聖光引導向了邪惡。

「……『普爾萊特』！」

「要、要來了啊啊啊……欸！」

在從天而降的光束降臨之前，馬爾把露希兒推開了。

他獨自一人承受天罰的洗禮。

光芒。沒有產生烈火、沒有產生爆炸。

就像靜謐的落葉緩緩從天空滑落，不帶有任何暴力的色彩。

彷彿朝陽，彷彿開闢的新希望，光芒所照射的地方讓原本枯竭的花海又再度恢復生命，金色蝴蝶又能愉悅地在天空漫舞。

世界宛如被拯救了。但這看似溫柔的祝福，實際上卻是聖職者最慘忍的「緬懷」。

「燙、燙燙燙死啦！」

被推開數公尺遠的露希兒，明明沒有被正面直擊，卻還被那團光輝給燒得發出呻吟。她用來護住臉的雙手已經出現二度灼傷。

這道美麗的光輝，是史上最暴力的溫柔，能將一切罪惡去除的潔淨之光。

「馬爾！」

露希兒向被光芒吞噬的少年撕聲吶喊著。

以芙蕾雅的聖氣量來說，她的魔法絕對稱得上是致命一擊。即使是幹部級的魔族，也難以承受這般威力。

他的皮膚會蒸發。

他的肉骨會融化。

他的靈魂會抹滅。

論誰一定都相信，這就是沐浴在光芒中……面具少年的命運。
露希兒只能緩緩睜開眼，接受這份殘忍的結果。
「小心！」
不料，待「普爾萊特」的光芒消失瞬間，一塊「利器」筆直朝著騎士男的眉間飛去。
「喝啊！」
早一步反應的騎士男，立刻用大劍抵擋「利器」襲擊，不過……
叮——
隨著大劍與「利器」正面撞擊，大劍就像餅乾一樣斷成兩截。
在眾人目睹不可置信的瞬間時，地板也順勢傳出「利器」在地板彈跳的聲音。
一塊平凡無奇的小石頭斬斷了大劍。
「這是最後的警告，蟲子們，快點離開。」
在眾人陷入難以理解的狀況下，另一個不可置信的事實又揭露在他們眼前。
面具少年還佇立在原地，而且「毫髮無傷」。
「怎麼可能，不但把約頓的劍打斷，芙蕾雅大人的攻擊還沒效果……！」
「喂喂，這真的是幹部級嗎……頑強也該有個限度吧！」
「原來如此，我明白了。」
在一陣混亂中，唯獨芙蕾雅冷靜接受事實。
「那傲慢又不講理的態度，還有剛剛的招式……」她冒了一滴冷汗，嚥一口唾沫說道，「我曾聽父親說過，在爺爺那個年代，曾有一名讓所有人類都陷入絕望的魔王——」

魔族的勢力中，曾有一名駭人的可怕存在。

他擁有這世上最強大的能力，無論面對多堅硬的物體都能輕易破壞，甚至能切開火焰，劈開海洋。

如同本人的性格，「藐視」世上一切萬物。在他的攻擊面前，所有生命一切平等。

而那號人物，他的名字叫做——

「傲慢魔王『路西法』。」

芙蕾雅將那名字道出口時，所有人都像凍結一樣不寒而慄。

「路西法……等等隊長，我記得那個魔王已經被傳奇勇者的後裔打倒了吧！而且聽說傲慢魔王的特徵是犄角，跟他的魔獸耳朵不一樣。」

「哼，那肯定不是路西法了，難道是魔王繼承者？」

「不管是什麼，他的權能非常危險。就算有明暗星的『庇護』，我們也不是他的對手。」

勉強掩飾詫異的芙蕾雅，只能接受眼前的結果。與此同時，她似乎終於理解到「神語」的真正含意。

「『兩名偽裝的魔族』……原來神明大人所說的偽裝，指的是你將『魔王』的自己假裝成『幹部級』吧。」

並非「以弱飾強」，而是「以強飾弱」。在勇者眼中，他是遠比幹部級還強大的存在。

「以時空之神為名，為吾開闢穿梭之道……『泰勒普提什』。」

隨著芙蕾雅詠唱咒語，一道扭曲的傳送門從他們的後方現形。

「芙蕾雅大人，難道您要撤退了嗎！」

「抱歉，我不希望你們白白犧牲。這一次先放過他們吧。我也得趕緊把魔王又復活的事報告給吉爾陛下才行。」

「唉，既然隊長都這麼說的話——」

以芙蕾雅作殿後，大家聽從指示，紛紛進入了傳送門。

「這一次算你們魔族贏了，不過……」

當剩下聖職者一人，她拋開以往溫柔的慈母形象。用充斥著憤怒與嚴厲的眼神，直視著那兩名魔族。

「你們這些棄神者，總有一天，神明大人會制裁你們的。」

拋完這句話，她終於也進入傳送門離開了。

當扭曲的空間消逝，片鋪四周的荊棘之壁也隨之瓦解，地下牢籠重新恢復寧靜。

「終於走掉了嗎……」

露希兒不禁腿軟癱坐在地上。沒想到，馬爾的計策成功了。

等這個事實慢慢灌輸大腦後，她重新站起來，對著已經消失的傳送門雙手插腰大笑道。

「哇哈哈哈！雖然不知道發生什麼事，但雜魚勇者總算逃走了呀。」

「……」

「哼，那個神的蕩婦也沒什麼了不起嘛，她的攻擊竟然對馬爾一點用也沒有。」

「……」

「話說回來，你剛剛丟石頭那招是怎麼辦到的呀？竟然能做到和本王權能一樣的事。看來你稍微有點用了嘛。」

「………」

「欸，你怎麼都不說話呀？」
不管露希兒說了什麼，馬爾都沒有任何回應。
等待一陣沉默過去後，此時此刻馬爾他——
「……嘎哈！」
「馬、馬爾！」
原本還站得直挺挺的他，卻突然口吐大量鮮血。露希兒連忙走去確認狀況。
「……好險，若再晚個五秒……恐怕就撐不住了。」
「撐不住？等等，她的攻擊不是對你無效嗎？為什麼還會……」
「誰說……無效的。我好歹也是……魔族啊……」
隨著馬爾說完，他臉上的鬼魅面具像沙一樣散去。與此同時，他的身體全身上下也漸漸出現重度燒傷的痕跡。
「難道說……你剛剛毫髮無傷的模樣是用『虛榮』變出來的？」
「……哼，畢竟我對自己耐打還挺有自信的。」
「說什麼蠢話，萬一她那下攻擊殺死你怎麼辦啦！」
「……別擔心，嘎哈……她說過不喜歡……有生命死去。」
「你這笨蛋，竟然冒那麼大的風險！」
「不過啊，這一次……呃！好像有點做過頭了。」
「喂喂，振作一點啊！」
「抱歉，但我好像真的……不行了。」

嘴角淌流血水，失血過多的他，連四肢撐著地板的力氣都沒有，整個人倒躺在花海之中。

就算魔族有著比人類更強的再生力，他重傷程度也已經超出了極限。

等待他的只有一個答案，那就是「死亡」。

「收下我最後的禮物吧。」

馬爾用勉強能動的右手，彈指一聲。露希兒那變成粉紅色綁帶的犄角，此時像填充魔力般發出微弱的光芒。

「我把『虛榮』的效果延長了，等我死後大概還能再維持兩、三天……魔王，妳就趁著這段期間……快、逃……」

「……？」

深知自己沒有活下去的機會，他將一切都託付給嬌小少女。

無依無靠的他們，在全世界都是敵人的世界裡，不管死在那裡都沒什麼好稀奇的。

所以說，也許死在這片花海下，已經是比任何地方還要幸福的葬地了。

突然，馬爾感覺到自己的身體被抬了起來。等他微微睜開眼皮，發現是露希兒將他背在肩上。

嬌小的體格，要抬起一個將近一七五公分高的成年男性可說十分困難，得用上全身力量才有辦法跨出一步。

「妳在做什麼……」

「那還用說嗎，本王現在就帶你去人類的城市治療。」

「別鬧了……這裡離城市還有十公里遠，我的身體……撐不到那時候的。」

「就算如此，本王也不能坐視不管！」

「…………」
「為什麼非得犧牲性命不可……本王想要復興魔族，是為了讓更多生命活下來啊！」
「妳……」
她那番話，深深刺進了馬爾的心坎。有道聲音再度從他的內心身處響起。
「我想要和平，是為了讓更多生命活下去。」
馬爾微微轉動頸部，注視著那位努力咬著牙，朝著出口邁進的少女。
這一刻，那道面容彷彿從朦朧的薄霧中隱隱窺探的新月，令他瞪大雙眼，目不轉睛。
「她」的側龐，為何如此美麗？
這份悸動的感覺，並不是像之前被聖氣所迷惑那樣，而是出於內心，被尊敬之物的美麗所感動。
啊，原來這就是自己渴望和平的理由嗎。
他好想一直看著「她」。
眼瞳就像靜止一般，想讓眼底的世界被「她」所占據。
然而，即使這麼想——
昏厥的意識，仍然將他的雙眸給闔上了。

⚔ ⚔ ⚔

純淨的夜幕上，有無數繁星點綴著。
彷彿宇宙、彷彿深海，這無垠清徹的空間中，有一道如極光般的細細流體。他踏上，感受著腳踩地面的真實感後，便跟隨星流而去。

放眼四周，無數七彩光芒在夜幕上流動，交織成絢麗多彩的瀑布，而隨著漫步前進，一道輕巧的豎琴旋律在他的耳畔響盪。

旋律正在呼喚。

就像蜜花在吸引工蜂一樣，他橫渡迢遙之里，在被抛去時間概念的永恆中，最後終於到了目的地。

是一名女性在彈著豎琴。

指尖輕輕撥動細弦，像在輕撫著柔順的布簾，女性似乎沒有意識到他的存在，緊閉雙眼，沉浸譜樂之中。

「每一次見到祢，都讓我更加討厭了。」

撥動琴弦的雙手停止了。

「嗯？」她微微睜開雙眼，像薄霧般神祕迷人，「這話怎說？」

「祢的惡趣味，一次比一次更加犀利呢。」他鼻息，垂下肩膀冷冷道。「我的偽裝會被識破，是因為祢和那位聖職者『打小報告』吧。」

聞言他的狐疑，「未知神」一如往常不為所動，彷彿不受拘束的仙女，重新撥弄著琴弦。

「萬物生命在洪流之間，命運的織者所擁抱的籤詩，會是星？還是夜？」她悠漫地，平靜地回答道，「吾僅僅只是在為羔羊引領方向，並未偏頗一方。最後的結局，終將是個人選擇。」

「哼，說話還是老樣子愛拐彎抹角。那麼，接著來說說令我更不開心的事吧——」

他握緊拳頭，好似忍耐著一觸即發的怒意，咬牙道：「祢這傢伙，竟然一直用著『她』的外貌在和我說話！」

那白皙的嫩膚，以及如夜空般亮麗閃爍的深邃雙眸，束著宛如星河般動人的黑髮，如同一朵迷人的黑玫瑰，蕩漾著無盡的神祕光芒……那在在鼓動他一切的美貌，其實一直都寄宿在他心中。

剝離的記憶，將會隨著個人的執念而有所喚醒。沒想到自己所尊敬、所深愛的那位「主人」，竟被討人厭的傢伙所利用。

無法接受事實的少年，除了向未知神怒斥之外，沒有其他能發洩的手段。

「很遺憾，汝誤會大了。」細弦演奏著輕巧而慢旋律，祂回答道，「吾不存在『形象』的定義。在汝眼裡看見吾的樣子，只不過是內心深處的『信仰』罷了。」

「信仰……也就是說，她就是我心目中的『神』？」

「汝應該恢復所有記憶了吧，除了那位尊敬之人，應該也包括汝想要的答案了。」

聽了未知神那番話，他陷入了沉思。

到這一刻，才終於明白真實的自己。

當記憶的拼圖連接起來時，答案也跟著呼之欲出。與這片無數繁星般一同融入腦海。

而他的表情顯得有些惆悵。

「嗯，我終於明白了，原來和平……一直都不是我的渴望。」

他深知這一切的行動，都不是為了和平。

因為深愛著「她」，想奉獻己身實現她所渴望的一切，才促使自己追求和平。

然而，「她」並不存在於這個世界。

即使再怎麼努力，也不可能與她共望追求之物。這份心願宛如燒成灰燼的童話書，不再有任何夢想與意義。

「對汝而言她就是信仰。而失去信仰的汝也重歸迷惘，失去自我了呀。」

「也許到現在才喚醒記憶，就是所謂的命運吧……畢竟，我無法再回到那個世界了。」

當閉上雙眼，回到如夢一般的星海時，意味著他又再次成為了亡人。

但臨終之前能得到所有真相，有什麼比這更滿足的事呢？他如此心想著，至少也算是為這短暫的旅程留下一點足跡。

「最後的結局，終將是個人選擇——」

忽然間，未知神彈起豎琴的節奏變了個調。如同她加重的語氣，勾勒著他的心神。

「在無盡無窮的迷宮裡，羔羊為了追隨那盞明燈，不曾停下過腳步……而汝，也還在前進不是嗎？」

「我還在前進？」

「難道汝忘了嗎？當時向勇者發起挑戰，那前進的動力是為何而生？」

祂那番話，令他頓時瞪大雙眼。

那股驅散心中冰冷絕望，燃起的激昂，是出自於一名小小的少女。

她還在那個世界奮鬥著。

「選擇吧，迷途的羔羊。」宛如旋律的結尾，未知神拉高語調，「汝要追隨新的信仰，還是帶著前生的遺志，在冥冥之中沉睡下去？」

前進，還是止步？

若自身的命運，全是由個人選擇的話，那他的答案當然是——

「別玩文字遊戲了，省省力氣吧。」他搖頭苦笑，「很遺憾，這次換祢誤會大了。」

「嗯哼，竟然否定吾的猜想啊。那汝的真正想法又是什麼呢？」

面對未知神好奇的提問，他若有所思地陷入沉默。

他知道，那名少女不可能取代「她」。

無論怎麼做，他所有的思想、行動、決定，都只是為了安撫空洞的心，用極為膚淺的想法來掩蓋事實而已。

少女是不可能成為他心中的信仰。

不過就算明白如此，他也仍是選擇了「前進」。

即使知道睜開眼的那一刻，只會面臨更多苦難。

他也想繼續以「隨從」的身分，迎接明天。

「別看我這樣，我其實意外地挺怕寂寞的。」

那句回答，讓未知神笑了。

這一次，祂不再展露之前苛薄的惡意，而是為接下來的高潮，露出期待的微笑。

「吾會好好看著的。」

第四章・並不是誰都能取代的

身體逐漸脫離星海的擁抱。

每一寸心靈都在黯淡的籠罩下持續沉沒，真實與虛幻的交界處漸漸凝聚在一塊，直到所有一切都變得模糊不清。

宛如泡沫般的夢境淡去，但緊接著，嶄新的現實又如浪濤般掀起。

最終，馬爾的意識回歸了。

感受著肺部熟悉的律動，他緩緩張開眼皮，揭開外界朦朧的面紗。

「……？」

然而，他的視線濛濛地墜落在一名少女的臉龐上，時間頓時凝滯了片刻。

她那桃粉晶石般的雙瞳，閃爍著一抹憂慮的光暈。眼角微微泛紅，彷彿曾克制著淚水湧現般。

這一剎那，只有兩人視線的交會，像是在一幅沉默的畫布上留下深刻的印記，眼中只剩彼此。

「喝！」

先有反應的是少女。

好似意識到自己的失態，她立刻將身體往後仰。雙手抱胸，別過臉道。

「哼，雜魚終於睡醒了啊。」

精神還有點恍惚的馬爾眨起兩下眼皮，他輕輕從床上坐起身，環視周遭。

石製屋內的陳設。牆上懸掛著手繪的風景畫，屋角放著一個古舊的書架，而上面擺滿了不同厚度和大小的書籍。不管怎麼看，這裡都像是普通的住所。也就是說——

「這個地方該不會是……」

「遲鈍的雜魚，到現在才發現呀。」露希兒攤開雙手，無奈說，「沒錯喔，這裡就是人類的居住地——『伊培塔尼爾』城市。」

意識恢復後，竟然聽到令人難以置信的事實。就算是一向冷靜的馬爾，也難以掩飾詫異的神情。

「妳是怎麼辦到的？」

「呵，很訝異對吧，誰叫本王的運氣這麼好呢！」她得意地拉高語調，繼續道，「本王在離開城堡後遇到了兩名人類。然後靠著本王的威嚴逼迫她們把你的傷給治好，再順便送人家到城市裡。」

聽露希兒所述，似乎是被路過的勇者給拯救了。雖然不排除她的解釋夾雜大量偽造，但以結果來說確實功不可沒。

「說起來呀，你竟然躺在床上昏睡一整天。簡直像個小嬰兒一樣，呵呵。」

「喂，別以為救了我一次，我就得忍受妳的酸言酸語。」

「哎呀？雜魚寶寶生氣啦？是不是肚子餓想吃東西呢？噗噗。」

「妳這傢伙……！」

才剛清醒就被她揶揄。疲憊的馬爾垂下肩膀，想想還是將話題打住，不要浪費力氣與她爭執為妙。

「……嗯？」

然而，正當他這麼想的時候，突然有一塊麵包送到了他的眼前。

「……真、真巧呀哈哈，本王手邊剛好有吃的呢！來，雜魚寶寶，乖乖接受本王的恩惠吧！」

雖然說出來的話充滿揶揄和惡毒，但露希兒的臉蛋卻泛著微微的紅暈。

一向不對馬爾示好的嬌小少女，此時竟然主動遞麵包給他。令馬爾不禁被她的善意舉動給震驚了。

「唔，你、你那是什麼表情啊！」露希兒把剩下的麵包全都往馬爾的懷裡塞，然後轉過身子，

「別、別誤會了喔！本王只是想看你這隻雜魚被人家玩弄的樣子而已……說起來啊，都替你做那麼多事了，連句道謝的話都不會說嗎?!」

「嗯，謝謝妳。」

「唉唉，本王就知道，你一定又會愛面子說不出口吧。算了，本王就大發慈悲體諒你——欸？」

露希兒緩緩回頭，這一次換她愣住了。

「你剛剛說什麼？」

「不要讓我說第二遍。」

馬爾閉上眼睛，不斷地將麵包往嘴裡塞。咀嚼速度似乎比以往還急促。

「嗚！嗯……」似乎察覺到馬爾臉蛋上的一抹紅暈，露希兒的視線也不自覺移到另一旁。

少年和少女宛如沉入尷尬的氛圍，夾雜熱度的寂靜瀰漫在房間中。

直到外頭傳出的聲音打破了沉默。

「——等等小娜，現在不可以去打擾他們啦。」

聽見外頭的吵雜聲，馬爾和露希兒一同把目光望向門口。

「有什麼關係，去確認傷患的狀況不是理所當然的事嗎？」

「可是……萬一他們現在一絲不掛怎麼辦！」

……嗯？

「又再說那種話了，緹雅，別老是想奇怪的事，他們只是普通地在睡覺而已。」
「男女同床共枕什麼的，不是都一定會發生那種事嗎！」
「誰、誰說的呀！妳不要老是胡思亂想……」
「而且我聽說男人一到早上『那裡』會變得特別厲害，如果他突然欲求不滿，朝我們襲擊的話……」
「夠了！總之我現在就要去看看狀況！」
「不行啦小娜，至少先敲門，給他們穿好衣服的時間！」
「就說不會發生那種事情啦！」
外面不知為何吵的不可開交，而且似乎在講著下流的話題。馬爾吐一口氣，然後搔了搔頭髮，開口：「請進。」
「咦！」
外頭的兩人異口同聲驚嘆道。
經過短暫片刻，老舊的木門被打開，外頭的兩名少女終於願意進來。
「太好了，你終於醒了啊。」
「不好意思，打擾到你們歡愉的時間了，真的很抱歉！」
「就說他們沒在做那種事了啦！真是的……」
「那個，妳們兩位是？」
「啊，忘了自我介紹呢，我叫雅典娜，是劍聖世族的勇者。旁邊這位則是我的摯友，她叫赫斯緹雅，是神威世族的勇者。」
自稱雅典娜的少女，留著一頭明亮而清新、如同新生草木般的綠色長髮，穿著銀製輕鎧，腰際配掛著一把優雅細緻的長劍。她的雙眼猶如天空中的繁星，讓人不由自主地被她氣派與瀟灑給吸引。

而另外一位叫赫斯緹雅的少女，清秀的短髮如大海一樣湛藍清澈。嬌柔的面容帶著無限的清新與純潔。披著亞麻色短袍，內搭緊實而大膽的露肚上衣及短褲，凸顯出她那挺出而圓潤的胸部，以及豐蜜的大腿。

從穿著就能知道她們不是一般平民。馬爾輕咳一聲後，姍姍開口。

「我叫馬爾。至於我旁邊的，妳們就叫她『那傢伙』吧。」

「露、希、兒！真是的，你好好叫一次本王的名字會死嗎！」

「欸？你們難道感情不太好嗎？」雅典娜面帶尷尬說著。

「更正妳的說法。」露希兒舉起一根手指，指責道「是『爛透了』！這隻雜魚，不但對本王態度很差，也都不好好叫人家的名字。」

「開口閉口都叫別人雜魚的傢伙，有資格說別人嗎？」

「哼，在本王眼裡，每個人本來就跟雜魚沒兩樣啊！」

「妳就是改不了那傲慢的態度。」

「啊，嗯……好，比起這個，馬爾你的身體還好吧？」

似乎想幫忙緩和氣氛，雅典娜趕緊出聲轉移換題。

「沒什麼大礙，只是沒想到之前受了那麼重的傷，現在感覺就像復活一樣痊癒了。」

「你確實是『復活』了。」

「……？」

雅典娜這番話讓馬爾瞠目結舌，她繼續說道：「你當時全身重度灼傷，內臟嚴重出血，還有好幾根骨頭粉末化，要不是有緹雅準備的『魂容瓶』將你的靈魂暫時儲存起來，恐怕在治療過程中你就死了。」

「魂容瓶？」

隨著馬爾困惑，赫斯緹雅接著從腰際上的包包中拿出一瓶外觀像鑽石表面的小型玻璃容器。

「就是這個！可以暫時將靈魂保存起來的瓶子。我們先將你的靈魂保存進來，然後等肉體傷勢治療好後，再把靈魂放回身體就可以了。」

「但這可不是隨便能獲取的道具。是透過緹雅『發明家』的能力所製造出的神器，而且效果只有一次。」

「不過我很開心唷，還以為這時代再也沒機會使用『榨精瓶』了。沒想到那麼快就派上用場了呢！」

「……是魂容瓶，不要取那種怪怪的名字啦！」

雅典娜無奈地扶額，赫斯緹雅則是非常開心的樣子。馬爾苦笑，總而言之，就是靠這一連串的奇蹟才得救的吧。

這一切究竟是未知神的刻意安排？還是純屬命運的巧合呢？想到自己的命有被祂玩弄的可能性，他不禁鼻息，決定拋開這令人厭惡的問題。

「回歸正題，我有一件事想要問你們。」

突然，雅典娜對馬爾投以凝重的神情，讓他心生一股寒意。

「你們兩人身上的聖氣，已經遠遠低於正常勇者的標準了。」她話說到這裡，房間內好似瀰漫著一股冰冷的氛圍。「……你們，到底是什麼人？」

被無情的質問扎進心頭，馬爾立刻進入警戒狀態。

昏倒之前所施展的「虛榮」由於邪氣量不足的緣故，光是掩蓋魔族特徵就費盡心力，沒有餘力再製造虛假的聖氣。

雖然這一次她們並沒有識破偽裝，但隨著懷疑逐漸膨脹，一旦露出馬腳就完蛋了。只能碰碰運氣了。

「哼，被發現了嗎。」馬爾垂下肩膀，止住聲音的顫抖，「實不相瞞我們不是勇者……只是從遙遠的東邊小村，旅行到這裡的『普通人』。」

「普通人？也就是沒變成勇者的『凡人』對吧。」

他知道這是連小孩子都不會相信的謊言。

但如果此時用『虛榮』提升聖氣量再謊稱勇者的話，一旦被發現實力與聖氣不成正比，就沒有推託之詞可用了。

所以比起冒險，馬爾選擇偽裝成「凡人」來蒙混過去。

「小娜，有可能嗎？」赫斯緹雅露出擔憂的神情，「人類受到『天恩石』的影響，不可能會有凡人才對呀。」

「嗯，我看過許多從遙遠國度來的旅行者和商人，沒有一個是凡人的。」

「如果他們是魔族偽裝的怎麼辦？而且他們當時又在暴食魔王的城堡附近……」

隨著她們對談，一觸即發的危險也隨之逼近。

一旁的露希兒不斷拉著馬爾的袖子，彷彿也意識到情況相當不樂觀。

這下真的危險了。

他們此刻在人類的地盤裡，若再用『假裝魔王』的計謀，肯定會吸引更多勇者注意。

而且老實說，撇開赫斯緹雅不談，雅典娜身上所散發的聖氣簡直不下當時的聖職者。若是正面起衝突，恐怕不到三秒就被解決了。

頸部不禁流下一滴冷汗，馬爾窮盡身體能量讓腦袋運轉。但這一次，無論從任何角度去思考，都沒有扭轉局勢的手段。

只能將全部的希望，寄託在藏於左手袖口的小刀。

屏氣嚥了一口唾沫，馬爾努力壓抑恐懼，等待那兩名勇者討論出結果。

「果然從推論來看，你們比起凡人，是魔族的可能性比較大。」

「…………」

馬爾準備好了。

當雅典娜右手握起劍柄的那一刻，他就將塗有「藐視」權能的小刀丟出去。然後帶著露希兒從窗戶逃走。

即使知道腳程比不過她們，但也只能順從命運，努力苟延殘喘下去。

「雖然原本是這麼想啦，」然而，雅典娜並沒有將劍出鞘，取而代之，她將右手指向露希兒的眉間，「但魔族是不可能做出『愛護他人』的行為的！」

「咦耶?!」

露希兒詫異地張嘴，露出兩顆可愛的虎牙。

「本、本王做了愛護他人的行為？」

「嗯呀，馬爾受傷的時候，妳不是苦苦哀求著我們嗎？還哭得像是怕失去他一樣。」

「噗咿！」

「小娜說得對，而且妳還擔心到連飯都吃不下，甚至還說出『這些麵包，等他醒來後再給他吧』這種話呢。」

「啊、啊啊……」

「還有妳好像除了上廁所之外就沒離開過房間了，就連睡覺都在馬爾身旁默默守護著。」

「…………」

「嗯呀，這種充滿善意與愛的少女，怎麼可能是魔族嘛，我都有點被妳感動了呢。」

「話又說回來，有一次我好像看到妳偷偷握住馬爾的手——」

「啊啊啊閉嘴閉嘴閉嘴閉嘴!!!!!!!!!不要再說啦啊啊啊!!!!!!!!!」臉紅生燙的露希兒，趕緊用聲音蓋過雅典娜講的話。「對啦，本王就是魔族！本王利用妨礙辨識的權能蒙蔽了妳們的雙眼！妳們看到的全都是幻覺！幻覺！一群呆子、水藻、雜魚！笨蛋笨蛋笨蛋笨蛋——!!!!!!!!!」

被少女的語無倫次給打斷的雅典娜不禁呆愣住了。

等待焦躁的氣氛退卻，雅典娜輕咳一聲，緩緩重新開口。

「抱歉，好像說了不該說的話。總而言之，這下能確定他們不是魔族偽裝的。」

「嗯。所以小娜，我們可以做『那件事』了吧。」

「的確，此時不行動，更待何時。」

看來在誤打誤撞中，靠著露希兒意義不明的功勞，讓她們兩人信以為真了。

不過此刻她們道出的話題又增加馬爾內心的疙瘩。她們突然竊竊私語起來，等待細碎的吵雜聲結束後，以雅典娜為代表，向兩人開口。

「雖然對你們不太好意思，但我希望你們可以幫我們一個忙。」

沐浴在朝晨的清風下，她停頓、深呼吸，像是在醞釀情緒。

以「請求」的名義為前提，令兩名魔族感到無比困惑，在這個和平的世界中，早已不需向弱者求助才對。

然而，他們從未想過……

等待的那句話，竟然讓這場邂逅有了意外的轉折。

「請幫助我們，讓世界回歸正軌。」

「來，請用茶。」

赫斯緹雅輕輕地將茶杯端在餐桌上。彷彿熟練的女僕，舉手投足都充滿著優雅及溫文。

茶的香甜在空氣中輕輕瀰漫，宛如清晨的露珠在陽光下閃耀，給人一種寧靜輕鬆的氛圍。馬爾細細品嚐一口。

當茶水觸及唇齒間，一股難以言喻的甜美滋味在口中綻放。

「這股微微的甜香，還有特別的酸苦味，我從沒喝過這種味道的茶。」

「嘻嘻，很驚喜對吧？這是我之前到大陸西域的凡爾佛拉森林旅行，找到一種叫『紫嫣藤』的魔植物，從中萃取出來的茶喔。」赫斯緹雅解釋，然後把托盤抱在懷裡，「不但能讓身心靈放鬆，還能振奮精神幫助思考。」

「凡爾佛拉啊，本王好久沒去過那裡了。記得那裡是阿斯莫德……縱慾魔王的地盤。沒想到跟水藻一樣的植物竟能泡出這麼好喝的茶……呼哈，再來一杯！」

「喂，別把慢慢品嚐的茶當酒在喝啊。」

露希兒大口飲灌著，似乎也對這份香甜感到滿意。赫斯緹雅面帶笑容，為她重新倒一杯。

「來，露希兒大人，請用。」

「哼哼，總算有被服侍的感覺呢。不像某個雜魚，又笨又蠢還要別人照顧，一點都沒有隨從的風範。」

「據我所知，也有一個君王整天只會遊手好閒，一點王的風範都沒有。」

「呵，給僕人服侍也是王的工作嘛。喂母豬，再來一杯。」

「欸、母、母豬？是、露希兒大人……」

不知為何，被辱罵的赫斯緹雅不但沒有生氣，反而還像害羞一樣別過眼。然後繼續為露希兒奉茶。

「但露希兒大人，您好像喝太多了。」

「哇哈哈哈！有什麼關係，只要是本王喜歡的東西，沒什麼是不可以的啦。」說完，她又大口啜飲杯子裡的茶。

「可是紫嫣藤茶有催情效果喔，喝太多的話會發情的。」

「……噗！咳、咳咳！臭母豬，幹嘛不早說啦！」

「那個，請問我們可以開始進入主題了嗎？」

雅典娜輕咳一聲後，打斷了現場的吵鬧。

馬爾再輕輕啜飲一口紫嫣藤茶，讓浮躁的身心得到沉澱。這一杯清茶對他來說，是非常重要的提神工具。

因為待會兒的話題，需要高度的專注力。

「我們的目的很簡單，就是讓『天恩石』從這世上消失。」

經雅典娜口述，天恩石是三百年前由「傳奇勇者」所製造出來的神器。

雖然天恩石不具備打倒魔族的力量，但它就像神明的恩惠，能夠讓勇者的子代們「必定繼承」前代勇者的力量。

隨著戰爭持續，人類族群中的勇者漸漸大於凡人數量。最終利用人海戰術將魔族勢力一網打盡。

最後，天恩石被傳奇勇者的子代傳承下去，一直持續到現今。這就是人類變成勇者的真相。

聽完雅典娜說的故事，露希兒露出若有所思的表情，她張開嘴、露出虎牙說道：「只要破壞天恩石，善惡勢力就會慢慢回歸平衡吧？」

「嗯，沒有天恩石才有機會讓凡人回歸，到時候明暗星會漸漸恢復成混沌狀態。」

「那天恩石呢，有可能再被製造出來嗎？」

「據我所知，只有傳奇勇者本人能製造出天恩石。就算是他的後裔也沒辦法輕易做出來。」

「我的『發明家』也沒辦法製作天恩石等級的神器。如果硬是做出來的話，身體會壞掉的！」

「緹雅，妳要說的應該是『魔力耗盡』吧。」

「原來是這樣，沒想到一顆石頭，竟然這麼簡單就把魔族勢力給消滅了……」

聽到實情的露希兒嘴角不禁顫抖著。一股複雜的感情從她內心擴散開來。

魔族輸得潰不成軍。然而解決辦法竟然是破壞一顆魔石就好，讓對失去同族的她來說，是一個既歡喜又諷刺的真相。

但就算現實嘲笑著她，身為王的露希兒也不會因此沉浸在悔恨之中。

「本王明白了，就讓我們和妳們一起——」

「慢著。」

與此同時，馬爾以手勢打岔了嬌小少女的回答。

「在那之前雅典娜，請先回答我一個問題。」

「請說。」

「妳應該是勇者吧？那為什麼要做出『讓人類陷入危險』的事？」

當這句話透過空氣傳達到每個人耳畔中，彷彿世界被寂靜擁抱，陷入了一陣沉默。

馬爾的問題既直接又苛刻。

站在人類的角度，這無疑是對魔族有利的事。為何身為人類的雅典娜，想要讓人類陷入危險呢？

少年冷漠的目光嵌入少女的心扉，她閉上如星辰美麗的雙瞳，以最真切的語氣劃破沉默。「我想找回勇者的存在意義。」她張開雙眼，綻放炯炯神采，「人類全都變成勇者後，漸漸地遺忘掉本分了。我們的劍不該是為了『殺死魔族』，而是要『保護弱小』才對。所以我想讓凡人回歸，讓勇者們找回『守護』的使命。」

她握拳、握緊，最後以沉重的語氣說。「即使會讓世界不再和平……」

聽完她的解釋，馬爾內心就像水面泛起的漣漪，頓時聞之色變。

「……明明說好了，劍是要用來守護他人的。」

想起曾經有位奉獻自身性命給兩名魔族的老人，也道出相似的話語。

比起人類會陷入魔族的侵害，她更是在意勇者的信念與價值。

以大局的角度來看，她只是將自身的天真包裝成美德，然後高唱著空虛的大義罷了。

但是，當她的正直與誠懇，融入那雙清澈如夜空的雙眸後，馬爾非常清楚，她是真心的。

「真是的，果然這世上沒有比『人類』更愚蠢的生物了。」

不侷限某種特定的思維，是人類一直以來的通病。而她們正是與世界違抗的笨蛋。

就像自己一樣，在這段旅程中，馬爾的想法也不斷產生變化。

「姑且接受妳的說詞吧。」

「所以你們願意協助我們了吧！」

「那也得等到作戰計畫出來後才能下定論。」

隨著馬爾露出苦笑。雅典娜像個迫不及待分享喜悅的孩子，匆匆道：「這個計畫，暫時就叫它『凡人復興計畫』吧。」雅典娜舉起一根手指，「不瞞你們說，其實到下個火之初日就是『天恩祭典』了。」

「天恩祭典？」

「為了慶祝人類戰勝魔族，國王每年都會舉辦連續七天的祭典。而最後一天會有一場演武大會，只要從中拿到冠軍，就能實現一個願望。」

「也就是說，妳想靠取得冠軍，來許下『天恩石消失』的願望吧？」

「或許你們不會相信，但小娜已經拿了三年的冠軍喔！她的實力不在『三傑』之下，不管什麼體位都得心應手！」

「緹雅，妳要說的是『劍技』吧……總而言之，我一定不會辜負你們期待，如計畫般拿到冠軍的。」

她拍打胸甲，自信滿滿地說著。馬爾和露希兒好似有相同想法，面面相覷。然後，各自嘆了一口氣。

「愚蠢。」

「欸！」

被兩人嫌棄的雅典娜臉蛋頓時泛紅起來。由馬爾先行開口。

「好不容易世界和平，誰會接受那種願望。」

「等等，但緹雅也跟我有同樣想法啊。我相信其他人一定也會的！」

「母豬的思維本王才不管。但勇者希望凡人回歸的話，早就把天恩石砸碎啦。」

「可、可是！只要大家看到你們兩個凡人，一定會喚醒內心的『勇者魂』的！」

「勇者魂是什麼老土講法，妳是鄉下來的土包子嗎！」

「……咕，我、我雖然小時候住在鄉下，但也懂很多城市的流行用語喔！像是『利維坦不會吃掉魚蛇』。」

「是『利維坦不會吃掉愚者』，而且早就沒人把諺語掛嘴邊啦！」

「不管如何，這計畫充滿不穩定要素。不如來聽聽我的計畫吧。」

隨著馬爾豎起一根手指，接下來的話題將由他來主導。

「就單刀直入說吧。」馬爾雙手抱胸，冷冷道，「姑且先暫名為——『魔族復興計畫』。」

聽到邪惡代名詞，所有人不禁屏氣。冰冷的沉默在小小的房間裡瀰漫開來。

「我們要製造『魔族復活』的動亂，讓所有勇者戰力都分散到大陸各地，等王城戒備鬆散之後，再一口氣把天恩石破壞掉。」

「也就是聲東擊西的策略吧。可是馬爾大人，『三傑』一定不會輕易離開王城，只靠我和小娜是頂不到裡面的！」

「母豬，妳要說的是『突破不了』吧……」

在人類的陣營中，有三名被喻為最強的勇者。

號稱「神的代理人」，能聽見神明預言的聖職者——芙蕾雅。

號稱「鋼鐵之心」，將堅定的意志化為無懈可擊防禦的鬥士——海克力斯。

號稱「劍士的原點」，以最純樸的揮劍達到人類頂峰的劍聖——齊格飛。

即使大部分的勇者都離開王城，她們正面與「三傑」對抗也絕對毫無勝算。赫斯緹雅垂著眉，馬爾則是擺出一如往常的穩重。

「這種事，我早就準備好方法了。」此時，他將目光轉移到旁邊的嬌小少女。「就由這傢伙來吸引『三傑』吧。」

「欸，本王？」

露希兒好似有些恍惚。然而等她咀嚼完那番話的意思，然後嚥下之後——「慢著！你在想什麼啊，是要本王去送死嘛！」

「我知道了！拿露希兒大人當誘餌的話，三傑反而不會下手太重吧。正是所謂的『利維坦不會吃掉愚者』！」

「不要吵母豬，還不快為本王奉茶！」

「嗚、是……！」

「赫斯緹雅說得沒錯，我要讓她扮演『魔王』去吸引三傑的注意。這裡我們有能力扮演好這角色的人，除了她以外沒有別人了。」

馬爾輕輕啜飲一口紫嫣藤茶。與此同時，好似聽到滿意的回答，露希兒抬高下巴，嘴角揚起一陣笑意。

「哼，早說嘛。看在雜魚偶爾也會說好聽話的份上，本王就接下這份職務吧。」

「保險起見，赫斯緹雅到時候就陪著她吧，一旦有什麼狀況，就靠妳來解圍了。」

「是！馬爾大人，我一定會努力守護住露希兒大人的貞操！」

「那麼就剩下『攻略組』了。雅典娜，在掀起動亂之後，妳就和我一起潛入王城——」

砰！

忽然間，敲打桌面的聲響打斷了馬爾說話。

待茶杯內的水波消失後，雅典娜站起來，顫抖嘴角說道：「你這算什麼計畫，難道要我們『強行破壞』天恩石嘛……」

「正是如此，一般的方法行不通，所以得強硬一點。」

「怎麼可以做這種事！我們可是勇者耶，用這種欺騙別人的手段來達到目的……根本就是『邪惡』的行為！」

以正義為名，雅典娜咬牙為此感到憤慨。

承受烈火般的視線，少年維持一貫的冰冷，靜靜地嘆口氣。「很遺憾，當妳有了違背大多數人的想法時，妳早就成為『惡』了。」

「……什麼，不，才不一樣！我的想法並沒有受到明暗星的譴責。」

「對妳而言，善惡的定義是由明暗星來決定的嗎？」

「那還用說！明暗星可是神明製造出來，用來審判善惡的神器。我們怎能違抗神明的主旨！」
「唉，頑固的傢伙。」
不提之前那位聖職者，沒想到連身為平民的雅典娜也被神的價值觀拘束著。
可是這樣的少女，依然相信著自己的大義。也就是說，只要不背叛她內心「信仰」的話——
「我遇過一個魔族，曾在有位惡人想要殺掉一隻兔子時，她出手拯救了那隻兔子。」
「啥，魔族救下了兔子？哪個笨蛋不要命了呀！」
不知道為什麼露希兒驚訝地站起來了。
「神明就算定義善惡法則，也沒有定義善惡的選擇。所以雅典娜，好好想想妳『真正的選擇』是什麼吧。」
「我的選擇……」
好似陷入沉思，雅典娜的表情有些躊躇。「要我以『真心』來優先思考嗎？」
「小娜。」與此同時，赫斯緹雅放下手上的托盤，牽住了雅典娜的雙手。「無論小娜選擇什麼，我都會支持妳的。所以就像馬爾大人說的，不要因為明暗星而違背自己的真心。」
「緹雅，妳……」
碧髮少女微微垂下眼簾。她似乎發現自己被擺了一道，嘴角彎起淡淡的苦笑。
而後，等她靜靜閉上雙眼，摸索內心的意志時——「果然，我還是希望用言語來打動所有人。」
她坐下，仍然堅持自己的想法。
不過……
「但、但是喔，如果大家還不願理解的話……『聖、聖女也會走到前衛的』！」

「小娜，好好講出『我也會造反』就可以囉。」
隨著那害躁的臉龐往右撇去，雅典娜終於認同了馬爾的計畫。
最後的結局，終將是個人選擇。
雖然很不想承認，但不得不說，祂說的話竟然讓馬爾有派上用場的時候。
「那就這麼說定了，先執行『凡人復興計畫』，若行不通，就開始執行『魔族復興計畫』。」
以雅典娜的結論作為句點。彼此達成共識，為往後開啟嶄新的目標。
不但得到人類變成勇者的真相，還意外得到兩名勇者協助。此時對魔族來說，絕對是順水推舟的好機會。
「對了。」
突然間，露希兒歪起腦袋瓜，疑惑道，「說起來，妳們為什麼要等找到凡人後才開始行動呢？」
「啊，對喔，差點忘了說這件事呢。」
原本以為已經結束的話題，此時在嬌小少女的提問之後，好似又有新的進展。
「我們真正要請你們幫忙的是別的事情。」
面對問題的馬爾及露希兒，彷彿有默契般一同露出困惑的神情。與此同時，雅典娜與赫斯緹雅面面相覷之後，她們一同彎起了不懷好意的微笑。
然後回答真正的「意圖」。
「請幫忙『生孩子』！」

那句話道出後，宛如永恆的凍結降臨在小小的餐桌上。

有位古人曾說過，「聞之而思之不若聞而問之」。若要讓討論有所進展，就必須要細細理解對方其義。不懂時，就該好好地再問一次。

「妳們剛剛說什麼？」

「生孩子！越多越好。」

結果不僅聽到的內容一樣，還越來越貪婪。

「生、生生生生……」另一方面，露希兒張大嘴巴，整個人像跳針一樣在嘴邊講同一個字。

「總而言之，你們要負責把『凡人』生出來。趁露希兒還有生育能力的時候，能生多少算多少。」

「妳們是榨乾部下價值的黑心魔王嗎！」露希兒激動地敲打桌面，「破壞那顆石頭，跟本王生……『那件事』有什麼關係啦！」

「關係可大了。若沒有凡人的血統，子代還是有高機會是勇者，所以無論如何，都要讓凡人數量變多才行。」

「這是讓世界回歸正軌的唯一辦法，馬爾大人跟露希兒大人，拜託你們了！」

她們兩人雙手合攏拜託著。

事實上，其實馬爾和露希兒早就都意識到了問題，可是——

「本、本王可是鼎鼎大名的一屆君王……」露希兒雙手不禁玩起拇指相撲，「怎、怎能和凡夫雜魚做那種事情呢？」

「但你們都一起旅行了，難道不是情侶嗎？」

「才不是！本王跟他僅止步於主僕關係，誰想當那隻雜魚的戀人啊！」

「沒關係，戀愛是可以培養的喔，只要從現在起你們不穿衣服一起生活，很快就能相愛了。」
「前提就不對啦！」
跟她們談話讓露希兒感到無比疲憊。她揮去額頭上的汗水，把臉轉向默不吭聲的馬爾。
「喂馬爾，別一直不說話啊，換你說說她們吧。」
馬爾雙手抱胸，正在認真地思考要怎麼說服她們。
「好，生吧。」
「差勁！」
「幹嘛，仔細想想這不是在各方面都有利的方案嗎？」
不知道是不是受到紫嫣藤茶的催情影響，馬爾意外地不排斥這個提議。
事實上，這兩名魔族不可能真的生出凡人。可是若能增加魔族數量，卻對世界的善惡平衡很有幫助。
魔族復興——意味著是要讓魔族數量恢復到以往，若沒經過「生命誕生」這件事，那花再多時間都只是原地踏步。
以大局觀為考量，這無疑是必要的作業。
「連昆蟲都懂得將限有的生命去繁衍後代。若智慧生命體還被道德和感情所拘束，豈不是連節肢動物都不如嗎？」
「混蛋，你有考慮過女性的感受嗎！生育可是女孩子一生中最辛苦的大事耶。你們這些男人就只顧著一時的快樂而已！」
「我會負責的。」

「對啦，反正你只是貪圖本王高貴的肉體啦！負責這種事，你絕對不會——欸？」
露希兒好似愣住般，瞪大了眼睛，
馬爾的眼神凝重，語氣堅定，彷彿在為所有的一切做出證明。
緊接著，他向她露出最溫和的微笑，猶如春日的暖陽，融化了她警戒的內心。
「我會承擔所有責任。所以，將妳的人生交付給我吧。」
「真、真的嗎……」
露希兒的聲音微弱，彷彿小心翼翼地愛護著這美麗的承諾。
或許也是受到紫嫣藤茶影響，她捧著雙手，緊緊地揪在胸前感受心跳聲。同時，她也凝視著馬爾，眼神中閃爍著一絲光芒。
「懷孕支出、養育支出、勞動費、管理、保險、教育，我會負責所有工作事務，妳什麼都不用做，負責給我生就好。」
「啊，果然男人都是畜生……」
「嗯？安全感還不夠嗎。好吧，我會試著買下一塊地來打造育嬰所，這樣就能給予他們最安全和優良的生活環境了。以防萬一，再貼上標籤做記號——」
「不要把孩子當成圈養的牛啊啊啊！」
露希兒肩膀疲憊地上下起伏，大概是決定放棄辯駁了。
「總而言之，本王是不可能和這雜魚生孩子的！」
「怎麼會……那樣不就『甦醒的貝爾菲格又再度沉睡』了嗎？」
「哼！那妳們就趕緊放棄希望，乖乖找別的方法吧。」

「也對，只好使出『B計畫』了。」

「咦？」

隨著露希兒眨起兩下眼皮，雅典娜把目光移到赫斯緹雅身上。

「緹雅，妳願意和馬爾生孩子嗎。」

「……咦耶？像、像我這樣的女生，配得上馬爾大人嗎？」

「那還用說，緹雅那麼可愛又溫柔。但如果妳不想要也不必勉強。」

「和馬爾大人結伴終生，孕育愛的結晶……」陷入沉思的赫斯緹雅，不知為何嘴角流下一絲唾沫，

「嘿、嘿嘿……嘿嘿嘿……」

「等等，為什麼母豬在傻笑啊！」

對意外的發展感到詫異的露希兒，此時將指頭伸向提出點子的罪魁禍首。

「鐵塊女給本王說清楚，她不是勇者嗎，為什麼會找她來生啊！」

「只要另一半不是勇者血統，也還是有很高機會生下凡人。所以多生一點就沒問題了。」

「妳們真的是勇者嗎！」

「而且既然你們不是情侶，那換對象應該沒關係吧。馬爾，你覺得怎麼樣？」

「無妨，我沒意見。」

「那太好了呢！緹雅，妳決定好了嗎？」

「嗯！為了小娜的願望，我會努力生的。」赫斯緹雅捧著臉頰，好似陶醉般浮出幸福的表情，「馬爾大人，我會好好成為你發洩慾望的道具，請毫無顧忌『使用我』吧。對了，不如今晚就讓馬爾大人盡情釋放野性……嘿、嘿嘿。」

赫斯緹雅似乎沉醉在幻想中。與此同時，露希兒默默地從椅子上站起來。

「嗯？」

就像黑暗中的影子，嬌小少女踏著沉默的步伐，緩步朝著湛藍色短髮的少女走進。

直到最後……

啪！

「呀！」

她朝著赫斯緹雅的「胸部」甩了一巴掌。

響亮飽滿的拍打聲在室內迴盪，赫斯緹雅不禁身體失衡，整個人側躺在地板上。

「露、露希兒大人？妳突然是怎麼了……」

「只想滿足性慾的噁心母豬，少用滾泥巴的身體磨蹭本王的部下。」

「不、不是那樣的。我只是為了小娜的願望……嗯呀❤」

「呵呵，妳剛剛說會好好成為一個發洩慾望的道具對吧？」露希兒雙手抱胸，用右腳踩著那豐滿而柔軟的果實，「那就借用這兩坨雜魚脂肪給本王當沙包吧。」

「不、不可以……嗯呀❤再搓揉那裡的話……會、會壞掉的……！」

「那就趕快扁掉，然後乖乖去泥巴田裡找公豬配種吧！」

「啊啊……我、我知道錯了……露希兒大人，請饒了我吧❤」

感覺今天露希兒說話特別犀利，而且不知道為什麼，明明赫斯緹雅是被施虐的一方，臉上卻浮現出比以往還要享受的表情。這難道是受到紫嫣藤茶的影響嗎？

「這種行為會被明暗星判定為『惡』嗎？」

「呃，嗯……但緹雅好像不討厭的樣子，應該不會有事吧。」

看著特質相異的兩人肢體互動，馬爾和雅典娜互看彼此，然後嘆一口氣。

「還是以後再說吧。」以此作為結論，結束了今天的會議。

⚔ ⚔ ⚔

夜晚，焦躁不已的夜晚。

白色的老舊床單宛如海浪般翻來覆去，只因一名少女無法在寂靜中寧息。

她的思緒被牽引著。被一個人牽引著。

「將妳的人生交付給我吧。」

被端莊精緻的面容注視，那冰冷優雅的雙眸彷彿一顆深邃的月光石。而他道出的話語，描繪著一抹遙遠的美夢……

不，才不是那樣。在她眼裡，他不可能是那樣子的存在。

肯定是受到那杯茶的影響，讓思緒連同身心一起浮燥，忐忑不安。

她決定離開床邊，踩踏嘎吱作響的地板，走向窗前拉動窗簾。

搖曳的微風撫過髮鬢，嘴角無意識地含著一根細髮。她抬頭讓夜幕墜入眼簾，而那抹明亮如珍珠的「明暗星」總是燦爛耀眼。

果然一點都沒變。

自從魔族落敗之後，那顆星便不再受黑暗侵染，彷彿永恆地在天空散發光輝。

「總有一天，妳將成為站在制高點，俯視一切萬物的王。」

那番話，隨著滲透的微風，輕輕道入了腦海。

她不曾忘過父親大人的教誨，同時，她也不曾忘過自己的使命。

作為過去最強魔王的後裔，她必須承擔起復興魔族的責任。那並不是為了自己，而是為了「王」的意志。

縱然在路途中遭遇悲痛及憤恨，哭喊過後，她仍是要往前邁進。

然而，卻沒想到在這段旅途中，發生了她從未想過的事情。

她的內心最近湧現出一個「渴望」。

那並不是多麼崇高的理想，而是一個自私又渺小的憧憬。

在彷彿海平面廣大的理想面前，那份小小的渴望，卻如同太陽般閃亮奪目。

令她無法忽視、拋棄……

不，那一定是錯覺。

傲慢魔王，必須是孤獨，必須是唯一。

在她眼中一切皆為平等的雜魚，不允許對任何人產生「特別」的情感。

但沒想到，如此心想的她又更加焦躁難安了。

就像湖面上被微風吹動的漣漪，不停地擴散著。本以為沐浴在星空下能沉澱思緒，結果反而變得更加紛亂急躁。

到外面散散心吧——像是逃避現實、又像是尋求平息那樣想著。

她轉過身，小心地推開沉重木門，輕盈的腳步聲在樓梯間迴盪著。

「——請替我向露希兒和雅典娜保密。」

剎那間，她從未想過會有這齣偶然。

低沉冰冷的嗓音繚繞著耳膜，更是直搗身心。她知道聲音的源頭是誰。

但比起知曉身分，她更加意外的是，少年竟喊出了她的名字。

爐火煦光從客廳入口倒映出兩人身影，她的腳步加快，等到了牆壁邊緣才停下。

彷彿小鳥在暗處窺探花叢般，她捕捉著那抹微妙的對話聲。

「只有妳是我的希望。」

在紅黃交融的溫暖色彩下，客廳的每個角落都染上了一層迷離色彩，「少年」對著眼前的「女子」屈膝跪下。

猶如溫文爾雅的紳士、猶如鞠躬盡瘁的隨從……這一幕，讓少女沉重的情感在空氣中凝結。

「我願將自己的一切奉獻於妳。」

少年向女子輕訴了尊敬又無垢的告白。

「什麼都能奉獻給我嗎？」女子一手揪在胸口，一手撩動俏麗的湛藍色短髮。

而後，她泛著紅暈，微微撇過臉蛋，「其實，我早上好像喝太多紫嫣藤茶了——」

那害羞的嬌容，彷彿剛萌芽的可口果實。

但緊接著，女子彷彿投入墮落的懷抱。她吸吮、舔舐，讓潛藏在內心的痴情，溼潤了柔軟輕薄的唇瓣。

接著，她嘴角揚起一抹貪婪的笑意。

「你能滿足我嗎？」

「遵命。」
寧靜的夜晚，原本只屬於兩人的祕密舞臺，卻已然被少女掀開了不可告人的薄幕。
頃刻間，好像有什麼在內心崩塌了。她轉身奔跑，不停地跑。
為什麼要逃走？
這種時候，不是應該要揭穿他們，然後好好享受他們驚慌失措的表情嗎？
但沒想到她的雙腳不聽使喚，放縱沉重的腳步聲，放縱眼角泛起的淚珠。
彷彿唯有如此，才能平息內心的動盪。
也許是想掩飾模糊的視線，回到房間的她立刻鑽進棉被之中，任由黑暗籠罩自己。
才不在乎他的事。
明明一點都不在乎的……
但又是為什麼，把臉埋進去的枕頭，會變得如此溼潤呢？
「總有一天，妳將成為站在制高點，俯視一切萬物的王。」
以引為傲的信念，此刻彷彿變成了詛咒。
哽咽與嘆息交織在空氣中，直到少女身心疲憊不堪，才漸漸從黑暗中沉去。
夜晚……
焦躁不已的夜晚。

窗戶外透著一抹淡淡的晨曦。

柔和的暖意灑在老舊的木質地板上，為簡樸的房間帶來一絲清新。而位於客廳中央的餐桌上，有三盤可口的早餐飄著令人垂涎的香氣。

熱騰騰的漢堡排，在充分油煎下肉香四溢，滲出可口肉汁。蓬鬆柔軟的麵包泛著油亮光澤，就像盤上的黃金般。最後再鋪上番茄片、洋蔥、及菠菜來點綴色彩。

一盤簡單的料理，交織出視覺與味蕾的享受，為美好的早晨注入活力。

「哇哈哈哈！母豬，妳的麵包就由本王收下啦。」

「露希兒大人，拜託請把麵包還來……！」

「呵，誰叫妳一臉恍惚的樣子，才讓本王有機可趁啦。」

「嗚，對不起，昨晚因為沒睡好，所以才……」

「哎呀，那本王大發慈悲給妳個機會吧。只要肯下跪求本王，就把麵包還給妳。」

「怎麼這樣，竟然要我在大街上全裸磕頭道歉，那樣太羞恥了！」

「本王可沒這樣說！」

果然美好的早晨馬上被破壞了。

不得不說，穿著白色薄紗睡衣的她們，像沐浴在晨光中的童話精靈般美麗。但她們的行為卻把美好的幻想給毀滅了。

在廚房煎炸漢堡排的馬爾，只能為這份遺憾嘆氣。

「有破綻！」

「……呀！露希兒大人，唯獨那塊哈寶排不能奪走！」

「哼，誰管妳啊臭母豬，反正妳那兩坨贅肉都那麼大了，沒吃哈寶排也不會少一塊肉啦！」

「嗚，可是露希兒大人，就算吃了我的哈寶排，妳那裡也不會變大的。」

「啥！妳、妳這是在仗『乳』欺人嗎！好啊，看本王一口把妳的哈寶排給吃了！」

「不行！露希兒大人，我什麼都願意做，拜託請把哈寶排還給我吧！」

眼看露希兒像個暴食的野獸，打算一口吃掉赫斯緹雅的漢堡排。但沒想到下一刻——

「咿！」

一把餐刀宛如匕首般，從露希兒的臉頰旁飛快劃過。最後她手上的肉塊隨著餐刀一同卡在石牆縫隙裡，肉汁垂涎滴落。

而後，銳利的氣息緩緩走到了餐桌前。

「少亂拿別人的早餐。」馬爾對露希兒使了眼神，接著將一盤五倍份量的漢堡排放在赫斯緹雅桌上。「多吃一點，別餓著了。」

「啊、嗯！謝謝馬爾大人。」

赫斯緹雅像得到救贖一樣彎起一抹微笑，然後開始津津有味吃著肉排。

「喂喂！為什麼母豬的份量這麼多啊？你從來沒給過本王那麼多哈寶排耶。」

「如果妳沒捉弄她的話，我倒是能再幫妳煎一塊。」

「母豬可是有五塊啊！你這叛徒，難道忘了本王才是你的主人嗎！」

「我可還沒同意要當妳部下。」

「…………」

「嗯？」

本以為她會回嘴，結果不知為何沉默了。突然驟降的溫度讓馬爾感到困惑。

「哈啊……早安呀各位。」

與此同時，雅典娜打著哈欠從門口緩緩進來。

卸下盔甲的她，此時穿著輕盈的淺藍色連身睡衣，肩膀和裙襬都點綴著花朵般的紋路。讓本來氣派瀟灑的她增添了許多可愛的反差。

「小娜，早安喔。」

「嗯?緹雅桌上那盤是……」雅典娜好似有些詫異，問道，「是肉嗎?但從沒看過這種肉。」

「馬爾大人說這個叫『哈寶排』，是將各種肉類搗碎後做成的，小雅也快嚐嚐看。」

「各種肉類搗碎做的?第一次聽到這種料理方式呢。但話又說回來，緹雅妳的份量也太多了吧。」

「啊，因為呀，馬爾大人他——」

「喂。」

「……啊、啊!沒事!因為馬爾大人比較貼心而已。」

「嗯?」雅典娜先是一陣訝異，隨後半瞇起眼睛，「欸……也是呢，畢竟等我們的計畫成功之後，緹雅還有『重責大任』對吧。」

「嗚，不、不是小娜想的那樣啦!」

「害羞了呀，緹雅真可愛呢。」

「真、真的不是啦!我們不是說過『那件事』之後再討論嗎。」

像是在睡衣派對中談著戀愛話題。赫斯提亞臉頰泛紅，手指不禁玩起拇指相撲。

然而，在這個充滿青澀悸動的氛圍下——

「哼，雜魚配母豬不是剛剛好嗎？」一道不屑的哼氣聲，道入所有人耳膜。

「露希兒？妳突然是怎麼了？」

「啥，沒怎樣啊。反正他們之後就挑個豬圈或糞池，然後生一堆沒用的凡人出來吧。」

尖酸刻薄的話瀰漫在空氣中，所有人頓時像凍結一樣靜止了。

「啊，話說回來，這哈寶排真的很好吃呢……」似乎想打破尷尬，雅典娜趕緊轉移話題，「是馬爾做的吧，你有興趣擔任這次天恩祭典的主廚嗎？」

「主廚？難道天恩祭還要做料理嗎？」

「正確來說，是我們伊培塔尼爾居民為了讓天恩祭典氣派一點，每年都會準備活動和好吃的料理，來招待遠道而來的商人和旅行者。」

她似乎打算在天恩祭典舉辦「家庭式餐廳」來招待外鄉客。

平時因為只有她們兩人，所以通常都是由雅典娜負責下廚，赫斯緹雅負責接待客人。

「說來慚愧，馬爾的料理確實讓人耳目一新，所以由你來擔任主廚應該更好。」

「我擔任主廚嗎？」馬爾吐了吐鼻息，回道：「寄人籬下，那就沒什麼好拒絕了。」

「有你的哈寶排，客人一定會很滿意的。至於其他工作的話，」雅典娜把目光望向旁邊的赫斯緹雅，「緹雅，妳和往常一樣擔任外場服務生吧。然後剩下廚房助手和另一名服務生……？」

「就讓那傢伙來當我的助手吧。」馬爾用大拇指比著旁邊的露希兒，繼續道，「照她的個性肯定不適合做服務生。所以外場就交給妳們了。」

「既然馬爾都這樣說了，那好吧，我們的工作分配就——」

「本王要去外場。」

突然間，嬌小少女道出的話語又再次掀起一陣動盪。

彷彿下起紅雨，那性格不願向他人低頭的露希兒，竟然要去招待客人？

「別說傻話了，妳知道外場是要做什麼嗎？」

「哼！不就是為那些雜魚送上餐點嗎？」

「如果用這種口氣說話，恐怕客人都要翻桌了。」

「那不就說明這些雜魚只有這點肚量嗎？沒道理叫本王改變態度。」

「妳這傢伙……」

「還有啊，你是不是太多管閒事了？本王想做什麼是人家的自由，跟你一點關係都沒有吧。」

「我多管閒事？喂，到時候做不來，可別哭喊著反悔啊。」

兩道銳利視線交錯，客廳頓時瀰漫著一觸即發的火藥味。眼看情勢危急，雅典娜急忙安撫道。

「你們兩個冷靜一點！再吵下去的話，小心『薩邁爾會燒掉自家後花園』的！」

「……………………」

「也冷靜太快了吧，我有點受傷啊！」

「哼！反正本王就是要去外場，誰都別想阻止人家。」

露希兒堅決地說完後，就這樣離開了客廳。甚至連自己的漢堡排都沒吃上幾口。

「雖然本來就知道她態度不好，但今天好像怪怪的？」

「露希兒大人，是不是叛逆期到了呢。」

「總之，為了往後的作戰能順利進行，不能讓她一直鬧彆扭下去。」

從剛剛的反應來看，馬爾很清楚她鬧脾氣的對象就是自己。

雖然不知道原因，但為了減少日後的不安要素，馬爾還是得好好處理她的情緒問題。

只要傾聽她的心事，並做出她想聽到的回應，大概很快就能讓她氣消了吧。

但，雖然是這麼說……

想起她方才的態度，馬爾突然有些心煩氣躁。

這股煩躁與剛剛的鬥嘴無關，是一種莫名的著急感。而且似乎可以說，比起解決她的問題……

他更想盡快解決「自己」煩躁的心情。

露希兒踩著陳舊的石頭階梯，一步步登上屋頂。

對她而言，似乎只有站在高處才能讓心情平靜。雖然這棟房子沒辦法讓她從天空俯瞰整座城市，但以現況來說，這樣就足夠了。

看著底下熱鬧的人群，感覺與她的內心世界成了鮮明對比。她垂肩、愁眉，彷彿連風都吹不散她的嘆息。

「妳果然在這裡。」

「咦！」聽到後方的聲音，露希兒嚇得肩膀猛力一抖，她回頭，「馬、馬爾？」

「不要隨便離開我的視線，別忘了這裡是人類的地盤。」

「哼！本王不是說過少管人家嫌事了嗎……嗯？」

別過臉的露希兒在聞到一股油香後，又不禁回了頭。

「你手上那塊是？」

「『炸漢堡排』──將漢堡排裹上麵粉後再油炸而成，為了日後天恩祭典試作的新品，我想請妳先嚐嚐看。」

「要給本王的嗎……」早餐沒吃多少的她，看到美味的炸肉排不禁嚥了一口唾沫。

「唔，不需要！」

「果然妳在生氣吧。」

「沒有！本王又不像薩邁爾大人，動不動就亂發脾氣。」

雖是這麼說，但從她講話語氣來看，她鬧的彆扭不是一般程度。

若推算時間點，她開始生氣似乎是從早上第一次鬥嘴開始的……不，也許在更早之前就惹她生氣也說不定。

總之，得用最快方法讓她願意開口才行，馬爾在輕咳一聲後，緊接說道。

「只要肯說出來，我會好好道歉的。」

「欸？」露希兒有些詫異，「你這傢伙會拉下臉來道歉？」

「僅此這次，下不為例。」

他雖然說得不情不願，但露希兒知道，這是他最大的讓步。

隨著一陣風沉默了彼此的時間。她承受著注視，終於從躊躇中褪開灰色，抿唇，然後顫抖嘴角道：

「那個，你昨晚──」

「馬爾大人！」

與此同時，遠方走來了一名湛藍色短髮少女。

她的臉頰脹紅，左手撫著右臂，撐起了那豐滿而挺的胸部。嘴角吐出喘息，猶如渴望著呼吸、渴望著不可訴說的貪欲。

「馬爾大人，快不行了。」她摟著馬爾結實的手臂，柔軟的乳房和臉頰都貼到了他的胸膛上。「人家現在……就想要了。」

「不是才剛做完嗎，這麼快了？」

「沒辦法，畢竟除了馬爾之外，已經沒有人能再滿足我了。」

「好，我明白了。但我這邊還有點事情，請妳先回去吧，等等就去工房找妳。」

「好的，也請馬爾大人，務必盡快……」

等赫斯緹雅拖著虛弱的身軀走下臺階後，馬爾才重新將注意力轉移到嬌小少女身上。

「耽誤了一點時間，所以妳剛剛說什麼——」

「哼，果然呀。」露希兒咬緊牙關，肩膀顫抖，「在你眼裡母豬是特別的，對吧？」

「她只是身體不太舒服而已，請別誤會。」

「啥，本王有聽錯嗎？她可是整個人貼在你身上耶！」露希兒兩手一攤，說，「啊啊，反正男人這種生物，只要有女人在面前甩動兩坨脂肪就會屈膝臣服了啦。」

「喂，說到這種程度就有點過分了。」

「過分又如何，本王可是『傲慢魔王』。不管是誰，全都是人家藐視的存在啦！」

一句句咧嘴道出的惡語，彷彿針刺般貫穿馬爾的心頭。

「本王終於明白了。」露希兒此時與馬爾擦肩而過，直到雙方背對背才停下腳步，「馬爾，你其實根本不把本王當一回事吧。打從一開始……你心中的『王』就已經是別人了。」

如晴天霹靂的一句話，凍結了在屋頂上的兩人。

想反駁、想喝斥、想開罵、想否定、想……

然而，無論心中湧現出什麼樣的心情，馬爾都無法反駁她那句話。

因為她說得對。

在馬爾心中，他的「王」永遠只屬於一個人，那是他從恢復記憶後就明白的事實。

並不是誰都能取代的。

就算和露希兒有著契約上的主僕關係，也無法斬斷他與前主人的因緣。而這將成為他永遠的枷鎖。

「不否認嗎？哼，也罷。說到底你本來就不是傲慢世族的魔族。」她說到這裡，過了一陣沉頓，做出了決定。「等這次計畫結束後，本王會解除『主僕契約』，到時候就分開吧。」

彷彿沉重的鎚子敲打在馬爾身上，他內心掀起一陣鳴響。

「這話什麼意思？沒有我，妳只會在洞窟裡鋪草床而已。」

「那又怎樣，本王不也是活到今天嗎！像你這種不是魔王的傢伙，是不可能會懂本王想法的啦！」

「但妳大可不必被身分給定義，那種事，是可以選擇的！」

「選擇嗎……呵，說得真好聽啊。」她彎起笑意，有如冷嘲般說著，「成為傲慢魔王，就是本王的選擇。」

投以這句話之後，她朝向臺階邁開步伐。

「喂，別走，我還沒說完——」

「別碰本王！」

正當馬爾要抓住露希兒的肩膀時，卻被她給一手拍掉。

與此同時，為澆熄少女怒火而精心製作的炸肉排，也已然被拍落到了地上。

「遲早有一天，本王會像父親大人一樣，平等地藐視一切。」

「…………」

「沒有誰在本王心中是『特別』的。」

她的表情，沒有一絲一毫的猶豫。

隨著露希兒的遠去，兩人如烈火般的爭執，就在此刻畫下句點。

獨留下來的馬爾，一邊感受著微風，一邊感受著內心的淒涼。

「這個笨蛋……」

咋舌後，只能在嘴邊朝她謾罵。

同時，他也在心中謾罵自己的無能。

⚔ ⚔ ⚔

今晚將迎來第三輪的火之初日。

以前世的時間單位來說大概是八月夏末季節，而當城鎮開始綻放煙火的那一刻，便是拉開天恩祭典的序幕。

現在為了準備祭典，雅典娜他們將客廳打造成餐廳的模樣，除了擺設許多餐桌椅之外，牆壁上還布滿了繽紛色彩的掛飾和彩帶，彷彿歡迎著即將來臨的喜慶時刻。

當然，除了美味的佳餚以及華麗的裝飾之外，她們還準備了一項特別的重點。

「本、本王沒聽說過要穿這麼羞恥的服裝啊……！」

頭戴可愛的白色花邊頭飾，搖曳的雙馬尾宛如兩道絢麗的銀河，黑色樸素的連身蓬鬆裙包覆住少女白皙透嫩的肌膚，白色蕾絲如瀑布般從肩膀延伸到下襬，將整體帶出可愛與優雅的氣質。

此時此刻，露希兒正穿著一套古典風格的女僕裝。

「才不會羞恥呢，露希兒大人，這套服裝實在太適合妳了！」赫斯緹雅雙手揪在胸口，像是看到可愛的娃娃一樣泛起少女心。

同樣穿著女僕裝的赫斯緹雅，她的服裝設計與露希兒略有不同，胸口的部分裸露，讓挺而豐滿的雙峰毫不掩飾地展露出來。

「可惡，堂堂的本王竟然和母豬一樣，穿著雜魚傭人的衣服。」

「要做服務生的話，得有模有樣才行。」雅典娜理所當然地回應，「話說回來，那句『臺詞』呢？」

「唔咕！」

「幹嘛一臉震驚，之前的練習妳早就習慣了吧。來，唸一次給我聽。」

「給本王記著，妳這個魔鬼鐵塊女……」

「嗯？」

「啊、沒、沒事！本王馬上唸！」

不太情願的露希兒在雅典娜充滿恐怖氛圍的笑容下，只能乖乖接受事實。

「請、請……」

「加油露希兒大人，說出來吧！」

「……請、請問您想點些什麼呢……主、主……」

像是嘴裡噎了一顆糖果，露希兒把話哽在喉嚨後遲遲講不出口。旁邊的赫斯緹雅像是她的媽媽一樣，不斷給予加油鼓勵。

「不要忍耐露希兒大人，出來的話會比較舒服喔！」

「豬……」

「嗯？」

「……煩死了臭母豬，給本王閉嘴！」

「嗯呀！對不起，主人❤」

結果赫斯提雅的胸部慘遭連環巴掌後，反倒是她先喊出來了。

「露、希、兒——」

「……啊、啊！」

好似感覺到背後的恐怖氣息，露希兒頓時渾身僵硬。然而那位盈滿笑臉的魔鬼訓練官，已經開始凹起手指。

「在妳把那句話唸熟之前，都給我舉著托盤半蹲罰站！」

「嗚、是！」

被恐怖支配的露希兒，只能手舉托盤，欲哭無淚在牆壁邊半蹲。

「現在交換工作還來得及，做不來就別勉強了。」馬爾道。

「哼！」

好心給予建議的馬爾，卻立刻被回以冷視。

明明是如此盛大又歡喜的日子，但由於他們的爭吵還沒和解，讓馬爾的心情就像黃昏般黯淡。露希兒不願意和馬爾搭話，甚至還做出各種避開他的舉動。以冰冷程度來說，她簡直是絕對零度。但馬爾也知道，只要等破壞天恩石計畫完成後，他們也將要分道揚鑣。

打從一開始，他們的關係就是「轉生召喚」所建立起的強迫性契約。所以等露希兒把契約解除後，他就能以自己喜歡的方式行動。

只不過……

以自己喜歡的方式活下去，又是什麼呢？

一直以來，馬爾都是奉命於他人而活。

如今「自由」對他而言就像一種束縛。至少和露希兒相處的日子中，他的生活是有目標和意義的。這份懊惱如同漩渦一般，纏繞在他的思緒中，無法擺脫。

「馬爾。」就在他思索的時候，雅典娜突然喊住了他。「我們該去備料了，場外就交給她們兩個吧。」

廚房內燈火光明，馬爾身穿一身輕便的廚師服，手起菜刀，在砧板上俐落地切起各種蔬果。他就像個藝術家，創作著屬於自己的拼盤，最後將切好的蔬果都投入旁邊的大鍋中。

精準地掌控火侯，高湯與各種食材一起熬煮，大鍋內不時散發出誘人的甜美香氣，彷彿將整個廚房都填滿了美味的期待。

「湯頭也準備差不多了，接下來就等祭典到來吧。」

「嗯，辛苦你了。」戴著白色頭巾的雅典娜，抹去額上的汗水，「話說回來，不是還有一件事沒做好嗎？」

「嗯？我的備料應該都齊全了吧。」

「是你和露希兒的關係。」

聽著湯中滾滾作響的聲音，馬爾卸下白色頭巾，陷入了沉默。

「看你們剛剛的樣子，應該是還沒和好吧。不打算把話說開嗎？」

「說開也沒有意義。」他嚴肅地回答雅典娜。「解決爭吵的辦法，往往都是了解對方的需求，並給予妥協的答覆。然後等雙方都達成共識後就可以了。」

無論是人與人之間，亦或是國家之間的大事。所有紛爭都是在調解下得到彼此想要的結果。

要怎麼做到「和平」，馬爾一直非常清楚，然而……

「但我只是她名義上的隨從。等扮家家酒結束，彼此就該面對現實了。」

他知道她想要什麼，卻沒辦法回應她的期待。

因為「她」的臉龐，不時地從他腦海浮現。

「我的心中早已有別的主人。無論和那傢伙相處多久，都無法取代『她』。」

「是嗎？」雅典娜靜靜地在裝滿水的盆子上，清洗手上的水果刀，「所以現在你只是為了找個依偎，才和她維持著曖昧的主僕關係，對吧？」

雅典娜說完，溫熱的廚房頓時被冰冷的寂靜擁抱。

這份感情就像被烙印在心中的執念。他做為一名衷心的隨從，無法拋下過去的主人。

對他而言，露希兒只不過是個替代品。對她的所作所為，都只是為了掩蓋自身的軟弱而表現的謊言罷了。

他沒辦法選擇她為王，所以彼此最後的盡頭，遲早要化為一抹塵埃。

枯燥的沉默讓廚房內的兩人猶如靜止一般。不過……

下一刻，雅典娜揚起了微笑。「不也挺好的嗎？」

「……？」

「如果你的謊言能讓彼此『和平』的話，那就讓它永遠下去吧。」

那番話，頓時讓馬爾為之一驚。

「讓謊言……永遠下去？」

「雖然這不太像勇者該說的話。」雅典娜含著苦笑，換口氣道，「但自從你上次和我說過那些話之後，我總算理解一個道理了。」

如同馬爾化解了她的頑固，這一次，雅典娜也軟化了他的執念。

「並不只有『善』能讓世界和平。有些時候，只有『惡』才能解決紛爭。所以馬爾，你不必排斥虛假的謊言，順著自己的心意就可以了。」

直到現在，馬爾才恍然大悟「惡」的真正意義。

作為活在黑暗處的他，無法像「善」一樣真誠面對自己與他人。

宛如深陷泥沼一般，他漸漸地沉淪墮落，最後造就了馬爾愛說謊的性格。

但即便如此，這世界依然有人能接受這樣的他。

不用侷限在善惡的道德觀，他只要繼續戴著假面具，好好在光明磊落的舞臺上扮演自己就行。

「真是的，我竟然拐了一個大彎才想通。」

「彼此彼此，我也常常被緹雅說死腦筋呢。」雅典娜先是苦笑，接著豎起手指說，「不過呀，要先解決掉最麻煩的問題才行喔。」

「嗯？」

「別顧及面子了，你好好拉下臉來跟她說吧。畢竟『傲慢的路西法是得不到幸福的』。」

「這句話也是諺語嗎？」

「不。」雅典娜單閉右眼微笑，自信道：「這是我自己想的。」

彷彿被雅典娜揶揄一番，馬爾也苦笑了。

「哼，難怪一點說服力都沒有。」

「欸！」

他直接否定雅典娜的大道理。

因為這一次，馬爾已經明白自己該做什麼了。

縱然是因為他們都不願放低身段，才造就彼此的芥蒂，

馬爾也要向雅典娜，以及露希兒證明——

「傲慢」是可以得到幸福的。

⚔ ⚔ ⚔

浩瀚的夜空與星辰勾勒出一幅美麗的妙畫。

她搖曳著黑色裙襬，抬頭仰望星空。不知不覺，她來到屋頂的次數漸增，好似想抹去內心的惆悵，讓瀑布般的星雨沉澱煩躁的心靈。

但浮躁的思緒，卻依舊繚繞於腦海。

她牽掛的不是迷茫的未來，而是非常單純，對於某人的惦記。

這片夜空就像是一本安靜的書籍，當她翻閱時，也將那位少年的臉龐深刻烙印在心中。無法忘記，也無法消失。

「竟然又躲在這裡啊。」

「咦！」聽見聲音，露希兒甩動雙馬尾回頭，「鐵、鐵塊女？唔，本、本王不是在偷懶喔！人家早就把工作都做完了……對！還不快點稱讚本王的效率！」

雅典娜半瞇著眼，用狐疑的眼光盯著她，隨後嘆一口氣。

「算了，反正緹雅一人應該能把所有事情做完吧。」在星空的照耀下，雅典娜走向前，與露希兒望著同一片遠景，「終於到這一天了呢。妳知道對勇者來說，天恩祭典也象徵著和平的日子嗎？」

「……和平？」

露希兒垂頭，俯瞰著街道上繁忙的人群。

為了祭典，每戶人家都積極在為祭典做準備，懸掛七彩的花飾與彩帶、擺放客人專用的餐桌椅、以及為了點綴水晶燈飾，而用魔法幻化出粉彩蝴蝶。

看著大家盈滿笑容的臉龐，露希兒的神情就越是哀愁。

「但明明是大好日子，卻好像有兩個人『不和平』呢。」

「噗咿！」

「看妳的反應，果然很在意他的事吧。」雅典娜垂眉，雙手插腰道，「別看馬爾一臉冷漠的樣子，妳這樣不理他，他其實內心很受傷的。」

「哼，本王才不在乎他的事呢！」

「不在乎的話，那當作閒聊說說也可以吧。所以發生什麼事了？」

「……………」

「就當作是被我騙一次吧，也許說出來，心情會好一點喔。」願意做一名傾聽者的雅典娜，耐心地等待緊咬下唇的嬌小少女開口。

在一陣沉默之後，露希兒終於放軟態度，她望著屋頂下的人潮，緩緩開口。

「本王在那天晚上看見了，馬爾和母豬說，有件事要隱瞞本王和妳。」

「原來是這件事啊。」

「欸？」

突然間，雅典娜的聲音變得不太一樣。

更正確來說，是連同「身形」都產生了變化，她的個子變高、頭髮變短變白、凹凸有致的身材曲線也漸漸變成結實而纖細的身軀。

美麗的女子變成了一名少年的形象。

「啊、啊啊……馬爾？你這傢伙！竟敢變成鐵塊女的樣子來欺騙本王！」

「有什麼辦法，誰叫妳最近都不理我。」馬爾無奈聳肩，繼續道，「還有啊，竟然為了這種小事就鬧彆扭，未免也太幼稚了。」

「什麼小事，隱瞞魔王可是最嚴重的背叛之罪耶！而且啊，你還跟母豬暗自做了……做那種……」

「唉。」馬爾似乎感到有些無奈，閉上雙眼道，「本來只是想減少不必要的麻煩，結果誤會後反而搞出更大的麻煩了。」

「誤會？」

露希兒眨起兩下眼皮。馬爾從口袋中拿出一樣小東西，放到掌心上。
那東西的外型彷彿貝殼般圓滑充滿光澤。當打開後，彷彿成了一面隨身鏡，鏡面就像水面倒映的湖光般清澈，而周圍還鑲嵌著許多七彩顏色的魔石碎片。
「這是我請赫斯緹雅幫忙製作的神器『心聲響』。能將聲音和影像透過鏡面傳送到每個人心中，如此一來即便我們在作戰中分開了，也能順利回報狀況。」
「欸？所以你隱瞞本王和鐵塊女的事，就是這個？」
「畢竟她製作的神器只能使用一次，所以勢必得多做幾個才行。如果讓雅典娜知道我過度使用赫斯緹雅的能力，她一定會出手阻止的。」
作為赫斯緹雅的摯友，一定不希望她過度消耗魔力在製作道具上。為了減少麻煩，馬爾只能暗地跟赫斯緹雅偷偷進行。
馬爾嚷嚷解釋，但似乎還不能說服露希兒。
「那除此之外，你跟母豬又偷偷幹了什麼？本王可是聽到母豬說『你能滿足我嗎』這種話喔！」
「這個啊。」好似提起不好的回憶，馬爾扶著額頭道，「為了替她隨時補充魔力，這段期間，我不知道做了幾百個漢堡排給她……」
「做哈寶排幫母豬補充魔力?!」
「補充魔力的方法，不就是要好好吃飯嗎。不然還有什麼？」
「啊、對喔，人類好像就是透過吃飯來補充能量的……」
「而且大概是那杯紫嫣藤茶的催情效果，第一天讓她對『食物的慾望』特別高漲，那天可真累死我了。」

人類不像魔族是透過吸食「生命能量」來補充魔力。需要好好進食和休息才能快速補充魔力。想起這件事的露希兒，不禁對自己的誤會乾瞪大眼。

但她詫異的臉龐只維持短短一時。隨後她又垂下眉尾。

「但本王看到了，你當時對母豬下跪了，對吧。」

「這件事也別誤會。那只是我在表達誠意時的習慣動作罷了。」

「但你也不曾把本王當成主人看待吧。」，露希兒的臉龐充斥著憂愁，「你不明白對魔族而言，魔王與隨從的關係有多麼重要。只要你不屬於『傲慢』的族系，就再也和本王毫無瓜葛了。」

她向他傾訴了事實。

在魔族的社會中，不像人類有著「朋友」的概念。

建立魔族之間的關係，多半是靠著王與下屬的聯繫。然而馬爾不願成為露希兒的隨從，就間接說明著，他的心永遠不屬於「傲慢」。

聆聽少女的嘆息，馬爾只是靜靜地咀嚼沉默。然後，也向她道出了實話。

「妳說得沒錯，我從來沒把妳當成主人過。」他望向星空，彷彿在看著更遙遠的地方，「因為在我心裡早就有其他主人了，就算她不在這個世界也是如此。」

「……………」

「事到如今，若要我做妳的隨從，也只不過是一場為了彌補內心空洞，所演出來的扮家家酒而已。」

記憶即便消失，執念也無法抹滅。

馬爾對「她」的愛，彷彿大海般深不見底，那並不是隨口說說就能放下的感情。

而這項事實，也徹底壓倒了露希兒最後一根希望稻草。

「……果然，馬爾心中早就有其他『王』了。」聞言後的她，好似接受了事實，嘴角不禁彎起苦笑，「好吧！那本王也不必再束縛你了，乾脆現在就解除主僕契約，然後——」

「妳還沒搞懂嗎？」

「……？」

等待綿雨過後的，既是天晴。馬爾緩緩抬頭，用最認真的視線投向露希兒。

「雖然對隨從而言，『王』並不是誰都能取代的。」

映照在屋頂上、夜空下的少年與少女。在一陣微風輕拂而過之後，他以最深情的注視，照耀著少女的臉龐。

「但我希望在這個世界，能全力以赴讓我臣服的王，是妳。」

話語一出，露希兒不禁瞪大那雙清澈的粉紅色眼眸，「連安慰話都說得自以為是……」

不僅沒拉下面子，還硬是要求對方主動追求自己。恐怕這世上沒有比這更無賴的求情了。

可是沒想到，那句話不但沒有惹火少女，反而還讓她的眼瞳閃爍著無比動人的光輝。

「想不到你這雜魚，也會說出如此『傲慢』的話呀！」

因為對她而言，少年的「傲慢」比任何花言巧語還要動聽。

「本王就接受挑戰了！總有一天，一定會讓你打從心底屈服在『傲慢魔王』之下！」

她的唇辦彷彿花兒綻放，彎起了美麗深刻的微笑。讓馬爾也不禁在嘴角描繪一抹弧線。

真相雖然不能抹去，但卻可以掩蓋。

虛假不實、虛張聲勢、虛情假意，以最虛偽的甜言蜜語，淋灑在少女的內心，讓甜蜜的愛意足以包覆陰霾，隱瞞真相。

這就是由「謊言」所編織而成的少年，所道出最「真誠」的告白。

縱使知道未來勢必要編織更多謊言來掩蓋不願面對的真相。

可是這樣的事情，卻令他感到如此心動激昂。

因為現在的他，是多麼地沉浸在這份「愛的謊言」之中。

「對了，還有那個……」

突然，露希兒又再次開口引起馬爾的注意。她接續道。

「當時你在跟母豬說話的時候，是不是叫了本王的名字？」

「妳的錯覺。」

「欸？可是本王明明就聽見——」

「妳的錯覺。」

被少年二度反駁，露希兒看到他深邃的眼瞳微微往右偏移。令她有些困惑。

「唉算了，反正也不是多重要的事。本王就當作是聽錯了吧……哦？」

夜空忽然傳出震響，吸引了兩人的注意。

前方閃爍著火光，一束束璀璨的光芒如水花般濺起，綻放起七彩繽紛的火之花。

彷彿沉迷於夢幻般的景色，露希兒張著嘴有些愣住。

「就像花朵一樣，這個是？」

「用人類的說法就叫『煙火』。之前聽赫斯緹雅說過，這是以魔礦物『熾石』與火焰魔法混合後所產生出來的爆炸反應。」

「熾石？本王記得那是人類和魔族戰爭時期，用來當作武器的原料耶，竟然還能變成這麼漂亮的景色。」

「所以說啊，」馬爾不禁苦笑，感嘆道：「就像『善惡』一樣，這世上的每樣事物，並不是單方面就能定義的。」

縱使善與惡被劃分開來，依然能透過自身的選擇來改變命運。就像這片美麗的煙火一樣，綻放出幸福的色彩。

是「她」讓馬爾明白的。

邪惡並非只是作惡多端，他們也會為了和平而戰鬥。就算轉生成邪惡勢力，一定也能迎接美好的未來。

因此馬爾下定決心，他要在這個異世界為「她」打造出真正的和平。

「馬爾，為了往後你能繼續服侍本王，『魔族復興計畫』可別失敗喔。」

「妳才是，要好好扮演魔王的角色，別讓我失望了。」

「哼，這種小事對本王來說輕而易舉啦。先不管這個了，本王現在要對你這個部下，下達一個命令。」

「喂，別擅自主張，我還沒同意要當妳的部下。」

「哎呀？剛剛是誰跟本王說『就當作是被騙一次』呀？」

「妳這傢伙……」

因為之前用這方法逼露希兒坦承，讓馬爾現在沒臺階下了。

不過這次就破例，稍微陪她玩玩吧。

「請魔王吩咐屬下。」

像個尊敬的隨從那樣，馬爾向露希兒擺出最標準的下跪姿勢。

他輕輕閉上雙眼，在晚風撥弄下，露希兒也慢慢張開了唇瓣。

天空如精靈歡舞般的煙花，彷彿在此刻祝福著兩人，旋轉著、躍動著。

最後，當一道焰色的火光盛開，讓這美麗的瞬間如流星般閃爍時——

「活下去。」

「她」的聲音，響盪著少年的耳畔。令他猛然仰首。

世界正在崩壞。

轟鳴的爆破聲從四處傳開，火舌蔓延地表，天花板與牆壁正在支離破碎。

如地獄般的光景讓他的心頭一顫。然而此刻，一道漆黑的身影映入了他的眼簾。

「她」正在走向灰燼。

沒有猶豫、沒有迷惘，彷彿偉大的意志驅使「她」邁開步伐，遠離了少年。

——不要走……

「她」的腳步聲，扎著他的心臟。

——拜託，回來。

「她」的覺悟，打擊著他的心靈。

——不要丟下我一人！

「她」的一切，都拋棄了少年。

他想要追上去。

即使世界正在毀滅，他也沒有停下腳步，持續追逐著那道背影。

但無論多麼努力，「她」都只會漸行漸遠。最後少年只能像個無力的孩子一樣，在縹緲之中嘶聲吶喊著。

直到世界消逝，直到那道身影從視線中變得恍惚曖昧。

然後永遠地，消失在遙遠的彼方——

「——馬爾？」

聽見嬌柔聲音呼喊自己的名字，馬爾才從恍惚中回神。

他重新感受生命流動，五感也隨之恢復了。

屋頂上清晰的空氣、夜空上耀眼的煙花、手掌中冰冷的貝殼鏡，以及……少女溫暖的體溫。

「…………」

無意之間，他的雙手已經緊緊抱住那柔軟又嬌小的軀體。與此同時，露希兒臉蛋泛紅，趕緊推開他的懷抱，喝斥道。

「你、你你你突然在做什麼！本王可沒說要做到這種程度呀！你這變態！下流！雜魚！……咦？」

結果她罵到一半突然愣住了。

因為此時，她發現到比被擁抱更加驚訝的事，「馬爾，你的臉？」

聽到露希兒的提醒後，馬爾這才明白為何剛剛的視線會變得如此恍惚不明。

原來是自己的淚水，占據了眼眶。

「抱歉。」

「馬爾？你、你沒事吧，喂！」

沒有回應露希兒的呼喚，他轉過身後筆直朝著石頭階梯走下去。

彷彿想遠離少女，加快腳步地走。他用手摀著自己的臉龐，不管怎麼壓抑，都無法阻止淚水從眼角流下。

這股揪在心頭的痛楚是什麼？

明明早就接受「她」不在這個世界的事實才對。可是，為什麼還……

不。

這一刻，馬爾總算明白了。

淚水的源頭，打從一開始就不是對「她」的依戀，而是……

「原來我的記憶，還沒完全恢復嗎？」

第五章・魔王復興計畫

劍刃劃破空氣，在軌道上描繪一弧銀月。

碧髮少女躍然劍舞，她那曼妙的英姿彷彿在武鬥場上編織出一場精彩絕倫的表演，以技巧的極致吸引了周圍觀眾的目光。

另一方面，身形魁武的壯漢在她美妙的舞蹈面前猶如靜止，只見他手上兩支巨斧不斷發出低沉的嗚咽聲。

「喝啊啊啊！」

似乎想一擊破勢，壯漢用雙斧橫掃圓周，沉重的威力有如破壞的代名詞，讓碧髮少女向後一躍。這一擊總算讓他化解如荊棘般的束縛。

壯漢想趁勝追擊，他以更大的力量將雙手巨斧向下一劈，伴隨著擂臺高聲爆破，兩道空氣斬朝著碧髮少女的位置突進。

她打算正面迎擊。

放下銀劍，舉起左手，此刻盈滿刻印的圓形魔法陣浮現在她的手背上。

伴隨著刻印放大延伸，星河揭開幕廉，彷彿小型的宇宙般，幽暗的力量凝聚在左手背——星辰之繪的圓盾就此展開。

砰轟！

強烈的爆炸四散觀眾席，令眾人不由得用手阻擋襲來的風壓。如猛龍咆吼的空氣斬一旦轟炸少女，必定會粉身碎骨。

然而那種結果並沒有發生。

碧髮少女如同女武神，以瀟灑凌人的姿態佇立在原地，不僅毫髮無傷，甚至連腳跟移動的痕跡都沒有。

場外的觀眾不禁掀起高漲的歡呼聲。

這是觀眾第幾次對碧髮少女歡呼？恐怕已經不可勝數了。

天恩祭典最後的演武大會是以淘汰賽的形式進行，但不管是哪場戰鬥，雅典娜都打得游刃有餘，那穩健又強大的姿態，瞬間制霸了整個擂臺。

而她真正強大的地方，其實並非那無與倫比的劍技，而是她手上那把聖盾——「埃癸斯」。

原本只有神器世族的勇者能駕馭稀有神器，但雅典娜卻意外受到星界之神愛戴，得到了足以抵擋任何攻勢的盾牌神器。

縱使盾牌在曼妙的舞姿下顯得有些遜色，但它卻是雅典娜最重要的夥伴。彷彿有生命的盾牌，一次次回應了主人的意志。

最後，在頂尖的攻防交織下，雅典娜的銀劍終於停在了壯漢的頸部前。

武鬥場上的總決賽，勝負揭曉了。

「出現啦！本年度的演武大會冠軍又是我們的常勝軍，勇者雅典娜！」

隨著穿西裝服的男性主持人舉起雅典娜的右手高漲吶喊，場外的觀眾也以歡呼聲響應著。

「那麼老規矩，贏得演武大會的獎勵可以實現一個願望。這次您想許下什麼樣的願望呢？」

主持人將手上寶石形狀的擴聲道具遞給了雅典娜，她閉上雙眼，彷彿在沉澱戰鬥後的思緒。

在不破壞「善」的法則下，權力、金錢、幸福……生而為人的渴望，皆可在眾多勇者的奇蹟之力下實現。

不過，碧髮少女的願望卻早已決定好了。

「我希望天恩石就此消失。」

她一開口，歡樂的氣氛頓時沉寂下來。

「在那之前，我想讓大家看看『他』——」

隨著雅典娜將手伸向某個地方，眾人也帶著困惑的視線集中往那兒處看去。

一名白髮少年緩緩走上了擂臺，並與雅典娜並肩站著。

「雅典娜小姐，請問這位先生是？」

「站在各位眼前的這個人，是我們消逝已久的『凡人』。」

話音剛落，觀眾席上的眾人不禁面面相覷，開始交談了起來。

「真的假的」、「不會是魔族偽裝的吧」、「凡人原來還活在這世上？」各式各樣的言論衝擊著武鬥場。

為了實現夢寐以求的「凡人復興計畫」，雅典娜打算讓所有勇者見證凡人。而少年的出現確實吸引了眾人的目光。

「嗯？」在承受海量吵雜聲的同時，雅典娜發現馬爾每根手指都包著繃帶，「你的手指怎麼了？」

「之前在廚房不小心弄傷的。」

「你竟然也會弄傷手？真叫人意外。但治療這種小事，跟我說一聲好了呀……嗯？」

回應的同時，雅典娜看到他的雙手在顫抖。雖然細微，卻讓她不由得在意起來。

但比起這個，她現在有更重要的任務，於是趕緊高喊道。

「各位，我知道這是無禮的要求，也知道一旦沒有天恩石，世界恐怕又會回歸戰爭時代。」她環視觀眾席，語氣堅定說著：「但這個世界，無論如何都需要凡人，讓我們找回最初的『勇者魂』，讓我們的劍，再次為守護而生吧！」

正直凜然的雅典娜站在武鬥場正中央，向所有觀眾深深行一鞠躬禮。

她的信念，絕對可以說是勇者的典範。此時所有人彷彿被她的真誠所打動，大家都陷入了沉默。

最後，眾人就像被推倒的骨牌般，紛紛開口響應了少女——

「她是傻子嗎？」

「到底在說什麼呀，竟然想要破壞天恩石，難道是魔族偽裝的嗎？」

「她那實力絕對是本人沒錯，但沒想到竟然會異想天開，真是笑死人啦。」

「那邊的凡人小哥，陪她演戲真是辛苦啦。」

「哈哈哈！還說什麼『勇者魂』，那是我爺爺的年代才會講的臺詞耶！」

「哈哈哈哈哈哈哈哈哈哈哈哈！」

各種諷刺的言語席捲武鬥場，刺激著雅典娜的尊嚴。

「咕！你、你們有必要笑得這麼誇張嘛！」

「開始吧。」在雅典娜不知所措的時候，馬爾拍她的肩膀，示意要進行下個階段了。

真正的好戲，才剛要上場。

「……哇哈哈哈哈哈哈！」

瀰漫在各種笑聲的大會中發生驟變，一道宏亮的嘲笑聲，在眾人的心頭響盪著。

「……什麼聲音！不是從耳朵，好像在從心裡發出來的？」

「是神器『心聲響』。大家快閉上眼睛看！」

就像用投影機需要拉起白色布幕一樣，若要看見心聲響的影像則需要閉上雙眼集中精神。

當眾人都把眼睛閉上時，內心的「影像」照映出了一名粉髮雙馬尾少女。

「本王是『傲慢魔王』露希兒。這群沒用的雜魚勇者啊，你們的和平就到此為止啦！」

「竟然說自己是傲慢魔王，感覺一點都不像啊。」

「這囂張的小鬼頭上長著犄角，一定是魔族沒錯！」

「但她為什麼突然用心聲響和我們說話？到底是……」

「呵呵，好好看著吧。這一百年的時間，本王可是在世界各地藏了數千萬顆『魔蛋』，等孵化的那一刻，就來好好享受邪惡的盛宴吧！」

「魔、魔蛋？可惡的魔族，是什麼時候趁虛而入的！」

憤怒、擔憂、訝異……此刻武鬥場上瀰漫著各式各樣的情緒。

「看來露希兒和緹雅那邊進行得很順利。照這個趨勢，吉爾國王大概會號召所有勇者到大陸各地找魔蛋吧。」環視觀眾席的雅典娜，此時把目光望向旁邊的白髮少年，「馬爾，我們也差不多該準備了……欸？」

「沒事的……」不知道為什麼，馬爾垂下眼簾，在嘴邊呢喃著什麼。

「你還好吧，總覺得你今天好像怪怪的？」

「……！」似乎意識到雅典娜的呼喚，馬爾睜大雙眼回道，「沒事，只是有點緊張而已。」

「欸？是這樣嗎。」

「不管是誰，總會有緊張的時候。」說完後，他獨自一人邁開步伐，「已經沒事了，走吧。」

雅典娜有些錯愕。

自從他和露希兒和好後就總是心不在焉的樣子。然而今天的狀態更是令人擔憂。

但他作為計畫的主導人物，難免承受莫大的壓力吧。如此說服自己的雅典娜，也趕緊跟上了腳步。

即使內心殘留著疙瘩，她也選擇相信了少年。

⚔ ⚔ ⚔

「本王是『傲慢魔王』露希兒。這群沒用的雜魚勇者啊，你們的和平就到此為止啦！」

狂妄自大的聲音迴盪在宮殿內部。邪惡的出現，讓原本安然平和的生活出現了轉折。

當然，對人類的「王」吉爾迦美什來說更是如此。

金碧輝煌的巨大宮殿裡，王座上坐著一名年紀蒼老，卻散發著壯志凌雲氣息的男子。他留著銀製品般灰而微捲的及肩長髮，眼眸像平靜的深湖，縱使歲月奪走他清秀的容貌，也無法奪去蘊藏在眼神中的鋒芒。他高眺的身軀散發著凜然威嚴，彷彿能夠抵擋住風暴的狂潮。

鮮紅的披肩重重地垂落在他的肩膀上，宛如一片鬥燃之火。他放棄華麗而高貴的貴族服飾，進而穿上一套銀製騎士鎧，彰顯了就算成為了國王，也沒卸下身為戰士的職責。

「她就是當時出現在暴食魔王地盤的魔族吧。」吉爾老沉的眉頭緊皺，陷入了深思。

「無須理會。」位於王座下方，身上披著黑色大衣，戴著黑色眼罩及西洋劍客帽，全身彷彿被漆黑所包覆的劍士——齊格飛冷冷回應著。

「那是魔族想引誘我們的陷阱，若大陸各地真的藏有數千萬顆魔蛋，一定早就被發現了。」

他主張這是一場騙局，不必對魔族少女的威脅做出行動。然而，這句話卻換來一旁魁武男子的斥責。

一頭黑色爽朗短髮，僅穿戴肩鎧與護手的上裸身軀，展露出的結實肌肉彷彿化作堅不可摧的鎧甲——海克力斯自信地握拳擦掌，回應道。

「就算是陷阱又如何？我海克力斯身為勇者，絕不會放任魔族為非作歹！讓我的正義之拳來制裁邪惡吧！」

「吉爾陛下，也請不要理會海克力斯的衝動之語。沒必要被魔族牽著鼻子走。」

「衝動？我每一句話都貫徹了勇者的信念。反倒是齊格飛，你難道害怕魔族了嗎！」

「果然和你無法溝通……」

兩人的意見出現分歧。待吉爾沉思結束後，他將眼神轉往一旁的金髮少女。

「芙蕾雅，『神』的預言是怎麼說的？」

「在此向吉爾陛下揭示神旨。」

芙蕾雅雙手交扣，擺出一如往常的禱告動作。但這一次，她的眼神有些躊躇不定。

「命運交織點上，光明的盛宴將孕育邪惡之王，動搖的善惡天秤，將會傾向何方。」她道出的預言，讓宮殿內頓時陷入一股低氣壓。

「這一次，神明大人直接預言魔王即將誕生……」越是說下去，芙蕾雅的神情越是擔憂，「之前那個戴面具的魔族，在事後已經確定他不是魔王了。這樣神明大人預言的魔王又是誰呢？」

「肯定就是剛剛那個魔族少女啦，她剛剛不是承認了嗎！」
「海克力斯，拜託動點腦子。」
「比起腦子，我更相信自己的肌肉！」
「我現在連揶揄你都嫌浪費口舌……」
「無妨。」吉爾若有所思地撫摸著下巴的鬍渣，沉穩道，「我現在命令『三傑』，立刻去把那個魔族少女帶回來。」
「慢著陛下！」意外的命令讓海克力斯不禁詫異，「不必大費周章，讓我一個人去吧！芙蕾雅和齊格飛繼續留守王城，保護天恩石和陛下。」
「海克力斯，我能理解你的想法。但沒有齊格飛的『破識』和芙蕾雅的神聖之力，你是沒辦法與魔王一戰的。」
「拜託陛下相信我吧！只要我內心的信念不滅，就沒人能突破我的『金鋼不壞』——」
「別太小看魔族了。」
吉爾冷冷的反駁，讓海克力斯愕然失聲。
「在明暗星的善惡法則下，魔族能不受拘束行惡。」好似憶著過往，吉爾閉上雙眼說道，「沒經歷過戰爭時期的你們，肯定不知道橫跨了多少夥伴的屍體，才讓人類走到今天吧。」
「不好意思吉爾陛下。」
齊格飛以半跪姿勢接續道，「屬下無意冒犯，倘若魔王闖進了王城，您和天恩石該由誰來守護？」
「看樣子國王當太久，害你們連『前輩』都忘了呢。」
吉爾面露一抹苦笑。他從王座上緩緩站起，拔出閃耀光輝的銀色之刃。

「我以王的名義發誓——絕對會守護住天恩石，以及人類的希望。」

傳奇勇者的後裔高舉著聖劍，其威風的姿態猶如散發鋒芒。看著尊貴的王意氣風發的姿態，才終於讓三傑放下了擔憂。

「遵照吉爾陛下的命令。」

以芙蕾雅開口為信號，她開始詠唱魔法，「以時空之神為名，為吾開闢穿梭之道……『泰勒普提什』。」

隨著魔力凝聚，三名勇者的背後此刻展開了一道傳送門。

「我們這就去找魔族少女，願神明大人能守護吉爾陛下。」

語畢，他們三人便踏進傳送門，直到身影從空間中消失。

「願神明守護我嗎……」好似感嘆著，吉爾苦笑道，「人類啊，究竟是得到了天恩，還是詛咒？」

摸著胸口，嘆息。身為傳奇勇者的後裔，他不禁對自己的使命產生疑慮。

但作為「王」的他，必須成為人類希望的象徵，持續向未來邁進。

最後，他踏著穩重的步伐沿著紅地毯走到外面，站在肅穆而莊嚴的王座臺中央，俯瞰著底下數以萬計的人群。

「所有勇者啊，聽我號令！」

雄然一聲的呼喊，凜然的氣勢，彷彿感染了所有人。

他眼神如太陽般閃耀著璀璨光輝。最後當銀劍高舉時，他對底下的勇者下達命令。

「為了和平——讓我們徹底斬斷邪惡的根源吧！」

即使在座的勇者都來自不同地方，大家的意志也都連接在一起。以吶喊與歡呼來回應王的期待。

這一刻，人類與魔族的戰爭再度掀起。

而戰爭的句點，將由人類最強的世族「英雄王」來劃下。

絕對不會輸的。

⚔ ⚔ ⚔

「小娜，我們這邊偵測到三股濃厚的聖氣，我想『三傑』應該都離開王城了。」

閉眼後，赫斯緹雅的輪廓在黑暗中浮現。她手握著一個鐵盤，上面刻滿了神祕的咒紋，而在盤的中央猶如指南的針頭，正指向某個方位並劇烈地晃動著。

「『聖氣儀』晃動好激烈，他們應該在附近，你們動作得快一點！我和露希兒大人最多只能撐二十分鐘，不然就要被三傑玩壞了！」

「妳要說的應該是『被抓住』吧……」

引起騷動後不久，國王也號召所有勇者朝外地各處尋找魔蛋。而三傑似乎想率先尋找露希兒她們的蹤跡。

芙蕾雅擁有傳送的技能，齊格飛「破識」的能力不僅能看見千里之外，還能看穿他人懷有惡意的念頭。赫斯緹雅背叛「善」的理念做出的惡作劇，一定會吸引齊格飛的注意。

所以馬爾和雅典娜得趁三傑不在王城的期間，找到天恩石並破壞掉。他們潛入王城內部，小心翼翼地穿越連綿的長廊。

牆面由白色石磚構成，地板鋪著象徵皇室的紅色地毯，眼前盡是金碧輝煌的陳設，洋溢出高貴的氛圍。然而好似熟知王城的布局，雅典娜每一步都毫不猶豫，穿越各個彎道前行。

「妳好像知道天恩石藏在哪裡的樣子。」

「畢竟我以前也是『三傑』之一，王城路線都記得滾瓜爛熟了。」她垂下眼簾，繼續道，「但因為與他們理念不合，所以就辭去職位了。」

在這個世界裡，勇者的觀念大多傾向將魔族徹底消滅，唯有雅典娜破例，她認為勇者應該要優先保護弱小才對。

也因如此，她不得不拋棄正義的理想，選擇「破壞和平」這條不歸路。

面對她的選擇，馬爾只是感嘆，以沉默回應。

「說起來，好像不太對勁。」雅典娜貼著牆壁警戒周遭，「就算三傑不在，應該也要有人留守王城才對，但竟然連一個人影都沒看見。」

「難道是準備陷阱等我們上鉤嗎？」

「不，勇者設下陷阱會觸動到明暗星『惡』的法則。所以要正大光明迎擊入侵者才對。」雅典娜換口氣後，猜想道，「也許是設置了『守護結界』吧。但那對人類是沒有效果的，所以我們才能輕易闖進來。」

聽著雅典娜的猜想，反倒讓馬爾露出狐疑的目光。

本質是魔族的他，就算用「虛榮」假扮成人類的樣子，也應該會被結界擋在門外才對。這根本是間接說明王城內一個戒備都沒有。

——簡直就像刻意讓魔族入侵進來一樣。

為何國王不怕有魔族趁虛而入？這樣的困惑讓馬爾惦記在心，但他也只能走一步算一步。

「我們到了。」
突然，雅典娜在長廊上停下腳步。
她轉身面對著牆壁，伸出右手，此刻數條流光在她的手臂上優雅地遊走。
與此同時，牆面上漸次浮現數道刻痕。最後等這些刻痕釋放出耀眼光芒後，牆壁竟然幻化成了一片水面。雅典娜輕觸牆壁，立即掀起一陣漣漪。
「還好隱藏通道的術式沒有變，看來是能順利進去了。」
隨著雅典娜進入「那面牆」。馬爾也沒有一絲猶豫，隨之跟上腳步。
猶如穿越了時光通道，穿過透明牆所到達的地方，是一個彷彿深淵般向下延伸的螺旋階梯。
「以星界之神為名，為吾在幽冥之中點亮星火……『沙諾瓦』。」
在黑暗籠罩下，雅典娜詠唱著魔法，讓無數閃爍的砂星在她周圍環繞。冰冷的空氣灌入肺部，隨著下行階梯，寒意也逐漸加深。
「馬爾。」在幽靜的螺旋通道裡，雅典娜劃開沉默，向旁邊的白髮少年開口，「等事情結束後，我想拜託你一件事。」
她的眼神黯淡，面露一絲惆悵的苦笑。
「請你們帶著緹雅，離開伊培塔尼爾。」
即使沒有直說，馬爾也立刻明白那番話的意義。
「妳想獨自扛下這起事件的責任，對吧。」
「畢竟要論『煽動者』是誰，除了我以外沒有別人了。」
縱然馬爾是「魔族復興計畫」的主導者，雅典娜還是引發這場動亂的源頭。

她不想因為自己的私慾，連帶影響摯友的安危。因此她決定犧牲自己來保護所有人。沉重的話題，讓原本寒冷的地下階梯又顯得更加孤寂。

「是嗎？」馬爾靜靜閉上雙眼，只是冷冷地回答道，「我明白了，我會試著說服赫斯緹雅離開城市。」

「很高興你接受我的想法。但老實說啊，你回答得這麼冷靜，讓我有點小受傷呢。」

「別誤會了。」馬爾別過雙眼，語吐道，「我只是比誰都明白，背負責任需要多大的覺悟罷了。」

「果然跟露希兒說的一樣，你這男人真的很不會哄女孩子。」

用揶揄的話語緩解沉重的氣氛後，雅典娜嘴角彎起滿意的弧線。

在星塵的繚繞下，雖然雅典娜的側龐露出幾分感慨，但卻沒有一絲膽怯。恐怕這是只有瀟灑凜然的她，才擁有的偉大胸襟。

「對了。」

「嗯？」

「……啊，沒事。想想先不要說好了。等我們把天恩石破壞掉後再告訴你吧。」

她突然欲言又止，讓馬爾歪頭困惑。然而不經意間，他們已經走完漫長的螺旋階梯。

此刻一扇巨大的鐵製大門呈現在眼前。

似乎不像之前透明牆設置術式機關，雅典娜只是用手就不費吹灰之力推開大門，緊接內部的光景很快地進入他們眼簾。

在一個充斥陰森及魔幻感的巨大正方形空間裡，中央懸掛著一顆鮮紅的巨大魔石。底部的魔法陣有數條像藤蔓狀的管子延伸到魔石下方，彷彿在為它注入魔力般。

「不會錯的，這就是天恩石。」

「那就別浪費時間欣賞了，趕緊破壞掉。」

「不。」雅典娜眼神游移，神情嚴肅道，「在那之前，得先解決掉『守衛』才行。」

看似空無一人的密室裡，雅典娜卻嗅到一股氣息。

「別躲了，你就是負責守護天恩石的守衛吧！而且這股聖氣量……竟然和我不相上下。」

感應到的氣息，實力可說不下三傑。但明明赫斯緹雅已經引誘他們離開王城了，那會是誰呢？

「——哼。」

在承受未知的緊張感下，一道男性的聲音劃破空氣，響盪著地下室。

最後，從天而降的落地聲衝擊耳膜，他們兩人轉頭看去，是一名單眼帶著眼罩的神祕男子。

「就是本大爺啦！」

他單手插口袋，站著不三不七的隨性姿勢，用右手大拇指比向自己。

留著一頭往後撥的凌亂棕髮，穿著既具保護又不致拖累的半身輕鎧，露出他纖細結實的腰身。

他的面容既狂野又輕浮，但眼神卻透露出鋼鐵般的意志，彷彿不受拘束的野獸，對世界充滿著無限的玩味。

看到男子的出現，雅典娜不禁瞪大了雙眼。

「這張面孔……難道你是『亞瑟』？」

「呦，別來無恙啊，『前任三傑』小姊姊。」

「還有心情調侃別人，你不是被齊格飛取代三傑位子後，就從此無聲無息了嗎？」

「哼，『消失』只不過是對外界的說法而已。至於原因啊……」

他彎起猙獰的笑容，信心滿滿地敲響牙齒道。
「我可是被吉爾陛下親自點名來守護天恩石喔。沒錯，本大爺就是『人類最後希望』啦！」
「明明就是『壞掉的神器也許還有價值』，竟把自己當成人類希望。說話還是一樣狂妄呢。」
「妳才是老樣子，愛說些尷尬的諺語！我說啊，雖然過去輸給妳，但現在本大爺可不一樣了——」
亞瑟說完，地表頓時劇烈搖晃。察覺到危險氣息的雅典娜立刻抽出腰上的劍，以及展開聖盾「埃癸斯」。
緊接著，亞瑟前方的地表猶如植株破岩般碎裂開來，一把巨大銀劍從地面「生長」出來。
他貪婪般舔舐著雙唇，然後將劍拔出。頓時之間，銳利的劍氣在他身邊圍繞著。
「離遠一點，馬爾，那傢伙的攻擊可不是開玩笑的。」
「我沒聽妳們說過這號人物，他到底是誰？」
「亞瑟過去也是三傑之一的勇者，但因為攻擊方式太過亂來，導致被剔除了職位。」
「啥？別亂說那些造謠的話！臭猴子，乖乖接受制裁吧！」
亞瑟氣得頭冒青筋，他以舞動全身的力量揮動大劍。此刻數道劍氣散彈襲向了他們。
「小心！」
「埃癸斯」的星辰術陣延展開來，形成一道如大門般的守護結界，抵擋住了暴風般的劍氣攻擊。
沒有被結界擋住的鋼鐵大門有如紙片一般，被無情的風刃削成無數廢鐵。
不用凝聚劍氣，只是隨興揮動劍柄就能製造出破壞力極強的劍氣斬。讓馬爾不禁倒抽一口氣。
「雖然亞瑟的劍技不值一提，但他卻能操縱任誰都無法駕馭的古代神器——『石中劍』。」
「哼，竟然能擋下過去斬殺怠惰魔王頭顱的王者之劍，妳的『埃癸斯』也變強不少嘛。」

「少在那說悠哉話，要不是我擋住攻擊，你保護的天恩石早就被破壞啦！」

「啊？哎呀哎呀，那我可要小心一點了。但對付妳，只要『揮揮劍』就夠啦。」

亞瑟說完後，一個箭步朝著雅典娜前進。而她則是舉起埃癸斯迎接攻擊。

然而，當古代神劍敲響星界神盾時——

「埃癸斯發出悲鳴了，怎麼會！」

那普通攻擊讓雅典娜的腳向後滑了幾步距離。明明是連壯漢使盡全力攻擊都能擋住的聖盾，卻在亞瑟的攻擊面前顯得非常吃力。

「妳以為我消失期間都在混吃等死嗎？這幾年下來，我已經學會將劍氣集中於一點，威力可是翻增數百倍啊！」

揮舞大劍的亞瑟猶如跳著一段狂性之舞，如數十隻猛虎撕咬盾牌，火花濺射四方。雅典娜只能咬牙忍受攻勢。

以她高超的劍技來說，當然不是沒有突破亂舞的可能，只是因為……

「還有餘力顧及他人啊，妳一直處於防守，就是為了保護那個癟三男吧。」

亞瑟的攻擊不只是針對盾牌，他強大而失控的劍氣也在溢散著。只要稍有不慎，馬爾就會被劍氣斬成肉片。

「竟然連凡人安危都不顧，你這樣還稱得上是勇者嗎！」

「傳統觀念我聽到耳朵長繭啦。所謂的勇者只要盡情剷除邪惡就好，而像你們企圖顛覆和平的行為，正是所謂的『惡』！」

勇者間的廝殺，將會提升明暗星的「惡」值。但亞瑟不顧這點，持續朝碧髮少女發起猛烈進攻。

對他而言，保護天恩石才是「善」的使命。為了達到目的，殺死勇者也在所不惜。
「——身為勇者，應該要守護弱小才對。」
「……！」
一個瞬間，雅典娜找到機會揮動埃癸斯，其衝擊立刻讓亞瑟退後好幾步，兩人終於拉開了距離。
雅典娜放下盾牌，眼神中充斥著無盡的怒火。她的雙手在胸口前凝聚著星辰之力。
「以星界之神為名，為吾凝聚天辰星露……」
擠壓，濃縮，猶如黑洞般的黑球貪婪地吸收著碧髮少女的魔力。亞瑟見狀終於面露驚愕。
「喂喂喂開玩笑吧！妳這招難道是……！」
在過去魔族與勇者的戰爭中，埃癸斯的前一任繼承者曾施展過一個技能，成功破壞了被喻為「惡魔堡壘」的怠惰魔王的堅硬外殼。
而這招其名為——
「……『史塔巴斯朵』！」
濃縮的宇宙爆發了。
名符其實的「星爆」將接觸到的空氣蒸發，足以使一切化為虛無的光線筆直朝亞瑟迎面而來。
「喝啊啊啊啊！」
與此同時，亞瑟將怒吼轉化為力量，他終於「認真地」揮動王者之劍，以灌注霸王力量的劍氣與之匹敵。
兩股最強的力量相互碰撞，抵銷，再碰撞，緊接著——毀滅。
強大的爆破將周圍席捲而空，地表出現如大地震過後的高低不齊慘狀，周圍堅硬的峭壁變成土堆。

也許是有魔法加持過，才使面目全非的地下室沒有崩塌。

「搞什麼啊！妳是打算把整個地下室都毀了是吧！」

一直處於防守的雅典娜，竟在此刻施展出破壞性極強的招式。然而等待濃厚的煙霧散去時──

「咦？」

亞瑟的視線裡，只剩下拿著埃癸斯的「少年」。

埃癸斯保護了脆弱的馬爾不被爆裂開來的能量波及，但此時聖盾的主人卻消失了身影。

「結束了。」

以煙霧作為障眼法，雅典娜突然出現在亞瑟的身後。

等他反應過來，少女手上的銀劍已經瞄準側腰，這一夕之間的破綻，將為戰局分出結果。

叮！

然而沒想到，劍，一分為二了。

從未有人想過，這招「奇襲」並非為了打倒對手，而是為了破壞對方手上的武器。

雅典娜的劍就這樣被亞瑟的「碎片」給斬斷了。

「什麼！」

在少女驚愕的面容下，亞瑟露出了陰險的笑容。

「我說過了，對付妳只要『揮揮劍』就夠啦。」

亞瑟沒有防禦或閃躲，他貫徹「揮劍」始終，利用暗藏起來的「石中劍碎片」把雅典娜平凡的劍給斬斷。

「你這傢伙，竟然把神賜予的武器給弄壞了！」

「哼，是石中劍自己選擇了我，所以我無論做什麼，都是它自願的啦！」

這時雅典娜不僅失去了劍和盾牌，甚至還……

「唔！」

她跪坐在地，因施展「史塔巴斯朵」的副作用，讓她身體出現了暫時性的癱瘓。

「這次是妳輸了，雅典娜姊姊。」

「嘎哈！」

面對無力的對手，亞瑟揚起惡魔的笑意，朝雅典娜的側腹施展一記迴旋踢。

「……嘎哈！可惡的、卑鄙小人……！」

「哈哈哈哈！卑鄙？試圖破壞世界和平的你們，才是卑鄙小人吧！」

就像毆打沙包般，亞瑟放縱慾望，不斷朝躺在地上的雅典娜施暴。

「攻略組」的最強戰力輸了。

實力堪比「三傑」的戰鬥，並不是一般勇者能介入的。當然更不用說連一般勇者實力都沒有的白髮少年。

可是沒想到，在如此絕望的結果下，馬爾他竟然——

「快住手！」

敞開喉嚨的聲音，制止了狂野男子的暴行。

縱使馬爾在亞瑟面前像隻無力的老鼠，他也壓抑著顫抖，擺起戰鬥架式。

「嗯？怎啦，連凡人都想來逞英雄啊。」

「少說廢話！雅典娜是我重要的夥伴，絕不會讓你殺掉她的！」

「馬爾，你這是……」

他就像變了一個人似的，猶如在壓倒性的野獸面前，也難以保持以往的冷靜。

見狀，亞瑟又露出猙獰的笑容。

「哦？這一副隨時要尿褲子的表情是怎樣啦。害怕就別逞強啊。」

「少、少囉嗦！我看你還能笑多久！」

被嘲諷的言語激怒的馬爾立刻衝向亞瑟，並朝的他腹部踢一腳，不過……

「呃、啊啊啊！」

有如踢到鋼鐵般，堅硬的衝擊刺激小腿骨，讓馬爾身體半跪，痛得發出呻吟。

「……啊？」突如其來得展開，讓亞瑟有些愣住。他緊接放聲笑道，「噗！這是怎樣啊，我啥事都沒做耶哈哈哈！」

彷彿嘲笑弱者的醜態，亞瑟滿意地大笑起來。但馬爾也不屈地咬著牙，重新站起了身子。

「喂喂，你該不會還要打吧哈哈哈！不要再笑死我啦！」

被逗開懷的亞瑟似乎還想繼續捉弄弱者，他彎曲腰身，吐著舌頭朝馬爾擺了一張鬼臉。

「別說我不給機會啦，本大爺就站在這兒讓你揍一拳吧。」

「那就恭敬不如從命了。」

「欸？」

白髮少年的神情突然為之一變。

他蹲起武門家的馬步，向弓一樣將右拳往後拉，緊接宛如砲彈的拳頭正面迎向亞瑟嘲諷的臉。

砰轟!!!!!!!!!!!!!!!

威力不用多說，只需一擊就將狂野男子打飛數公尺遠，最後他撞向牆壁引發碎石崩塌，整個人埋入石塊中，成為名符其實的「石中人」。

另一方面，觀看這副景象的雅典娜不禁倒抽一口氣。她望向馬爾，此時發現他右手的拳套冒著蒸氣。

「這威力……難道是『哥雷姆之怒』？你竟然還讓緹雅做出那麼高級的神器出來。」

「雖然對赫斯緹雅不好意思，但為了防止意外，還是請她做適合的武器給我。」隨著右手的黑色拳套碎裂，馬爾冷冷道，「還好敵人好對付，那種性格的人，只要稍微裝成傻子，他就會傻傻上當了。」

「還想說你怎麼變得跟平常不一樣，果然你的性格非常惡劣呀。」

即使亞瑟實力再強，臉部被神器正面命中應該暫時是不會醒來了。

馬爾伸手拉起雅典娜，只要趁這段期間破壞掉天恩石，他們的目的就達成了。

「我的『哥雷姆之怒』只剩左拳，以防萬一，只能把最後收尾交給妳了。」

「嗯，沒關係，這本來就是我的責任。」

雅典娜撿回埃癸斯。只要她再施展一次「史塔巴斯朵」，就能順利破壞掉天恩石。

如此一來，即便緩慢，凡人也會慢慢回歸世上，讓善惡恢復原本的平衡。

她凝視鮮紅的巨大魔石，然後瞄準中心，在手中凝聚著星辰之力。

「對了，妳不是有件事要和我說嗎？」

「欸？對喔，差點忘了呢。」

想起在樓梯間的對話，雅典娜接著說道，「其實也不是多重要的事，只是想說等破壞天恩石之後，我打算——」

「打算回故鄉和親人見最後一面，對吧？」
「咦，竟然被你猜到了！」有些詫異的雅典娜，苦笑道，「是啊，因為奶奶跟我說過，不能在重大事件開始之前講出自己的願望……好像說是會『立旗』什麼的？」
「嗯，多虧妳當時沒有『立旗』，才讓事情順利結束。」
「那麼，我可以在向國王自首之前，再與奶奶見最後一面吧！」
「是啊，妳一定能再見面的。」
——**嘩**。
突然，一道鋼鐵被貫穿的聲響迴盪在密室中。
與此同時，雅典娜手上凝聚的星辰之力逐漸變弱了。
「……欸？」
潮溼黏稠的觸感，漸漸地附著在她的衣物上，而當她往下看才明白。
——黑色的拳銃貫穿了她的胸口。
「到另一個世界，和妳奶奶見面吧。」
隨著「哥雷姆之怒」的左拳收回，雅典娜在一陣暈眩後倒下，整個人躺在自己的血泊之中。
「為什麼……馬、爾？」
「好在有準備『藐視』的加持，不然憑神器的拳頭是打不穿妳身體的。」
「你說『藐視』……那不是傲慢魔王的……」
在雅典娜充斥困惑的時刻，馬爾解除了「虛榮」的偽裝。展露象徵邪惡的魔獸耳朵，以及銳利的尖牙和指甲。

「陪我玩扮家家酒到現在，辛苦妳們了。」

「你原來是……咳哈！被、被擺了一道啊……原來這才是你真正的……『魔族復興計畫』……」

帶著後悔的情感，雅典娜就這樣躺在血泊中停止了呼吸。

聞著腥臭的鐵鏽味，臉龐沾染鮮血的馬爾，只是冷冷地瞥了一眼少女的屍體。

「魔族復興？很遺憾妳猜錯了。」

孤寂氣息渲染著地下室，他此刻所進行的計畫，並不是為了魔族而擬定的。

這是僅為了讓「一個人」得到足以支配世界的力量，所特別擬定出的——

魔王復興計畫。

⚔ ⚔ ⚔

在「斯拉佛山脈」上，層層迷霧在微風中輕盈流轉。

這些迷霧並非尋常的水氣，而是由特殊魔力轉化而成。據傳，當踏入迷霧之中，人們便能瞥見夢幻般的異象，許多冒險者為了見證這片奇景而紛紛勇攀高峰。

與此同時，這個地方也是絕佳的藏身地點。

生生不息的魔力能混淆他人辨識聖氣與邪氣，甚至在濃霧中也能輕易隱藏身形。只要待在這座山脈上，無疑能爭取到拖住「三傑」的時間。

「追逐遊戲到此為止了。」

黑衣劍客冰冷的語調響徹峰巒，她們美好的幻想碎裂了。

天際的霞光貫穿隱密的霧氣，聖潔之力驅散幻象。在芙蕾雅的神聖光輝面前，這片用以遮蔽的霧氣簡直不堪一擊。

現在露希兒和赫斯緹雅，只能害怕地相互緊抱來依慰彼此。

「臭母豬，還不快想想辦法！」

「欸！我來想嗎？」突然被賦予責任的赫斯緹雅，開始運轉腦袋瓜，說，「啊，對了！齊格飛大人，這只是為了炒熱慶典所做的餘興節目啦，欸嘿嘿。」

完全不理會她說什麼的黑色劍客，繼續踩著沉重的步伐逼近。

「咿!!!!!!」

他拔出腰際上的銀色長劍，指向了那對相互擁抱的少女們。

「把魔族交出來。」

「齊格飛大人，露希兒大人真的不是魔族啦，請相信我吧！」

赫斯緹雅向黑色劍客求情，但換來的卻是沉默。

齊格飛表情凝重，不是因為她們鬧起一場風波，也不是因為赫斯緹雅找了尷尬的藉口，而是——

「妳被騙了，她是貨真價實的魔族。」

粉髮少女的真實身分，是人類的敵人。

「齊格飛說得沒錯，之前神明已經揭穿過她的偽裝了。對吧，芙蕾雅！」

「…………」

「芙蕾雅？」

「啊，是！」一旁的聖職者慢了半拍才回答，讓海克力斯挑起半邊眉毛。

「妳怎麼了，好像有點心不在焉的樣子。」

「呃，不，沒什麼。不用顧慮我沒關係……」芙蕾雅似乎在勉強擠著笑容。

雖然讓其他兩名夥伴有些在意，但齊格飛很快繼續向兩名少女說道：「不相信的話，現在證明給妳看。」

語畢，齊格飛又拔出另一把劍。

這把劍與他的服裝一樣，從刀刃到劍柄盡是一片漆黑。劍柄上還附著一枚詭異的金色魔眼，彷彿一顆活物，在跳動間散發出一股毛骨悚然的氛圍。

「我的『魔殺鳴』對那少女的靈魂有反應。只有在遇到魔族時它的眼睛才會睜開。所以就算偽裝成人類也瞞不過我的。」

「露希兒大人……真的是魔族？」

信任的連結，被銳利的鋒芒給輕易斬斷，令赫斯緹雅瞪大雙眼。黑色劍客語吐嘆息，彷彿為藍髮少女的單純感到遺憾。

「不管你們之前感情多好，都只是魔族卑鄙的演技而已。如果妳執意要與我們做對，那也別怪我……嗯？」

結果齊格飛還沒說完，赫斯緹雅已然站在露希兒面前，伸出雙手呈「大」字型。

「這和魔族沒有關係。」她顫抖唇瓣，向眼前的黑色劍客喊道，「露希兒大人是我和小娜的朋友！換做小娜的話，一定也會這麼做的！」

「母豬，妳……」

「我知道自己打不贏齊格飛大人，但同樣身為勇者，必須要保護重要的朋友才行！」

縱使謊言被揭穿，赫斯緹雅仍選擇站在露希兒這邊。

信念、感情、虛偽，這些對她而言都不重要。

她現在僅僅只是追隨著真心，選擇守護心愛的人而已。

「哼，竟然讓母豬搶盡風頭，簡直是丟了本王的臉。」露希兒聳了聳肩，同樣站了出來，「黑衣怪胎、肌肉呆子，還有神的蕩婦，想打架就來打吧！」

露希兒以邪氣纏繞雙手，而赫斯緹雅也拿出她的法杖，做好了應戰準備。

「愚蠢之徒。」

即便敵方其中一人是勇者，齊格飛也沒有絲毫猶豫。他握緊雙劍，以暴力來解決眼前的僵持。

最終，在一陣風吹拂下，冷冽的迷霧從他們之間流過。

黑衣劍客率先邁出步伐——

「在座的所有勇者，都給我聽好了。」

結果沒想到，一道少年的聲音打破了一觸即發的展開。

這個聲音是由心中響起，眾人頓時露出驚愕和迷茫的神情。

「這個聲音是……馬爾？」

雖然對方沒有傳遞影像，但心靈傳音的主人是她們再熟悉不過的少年。

所有人都停下動作，閉眼仔細聆聽。

「一直以來，你們追求的『和平』到底是什麼？」

「打造無暴力的世界？守護最重要的愛人？還是得到支配世界的力量？想必大家心裡都有不同答案吧。但很遺憾……」

少年的聲音夾雜嘆息，在換口氣後又緊接著開口：

「因為你們的和平都有各自立場，才會產生摩擦、相互衝突，其結果就是引發戰爭。所以說——『和平』才是造成戰爭的源頭。」

「你這傢伙，到底想說什麼啊！」海克力斯不禁對內心的聲音怒吼。明明對方聽不見，可是少年卻巧合地回答了他的問題：

「由我來拯救這個世界吧。」

「如果『和平』是造成戰爭的禍源，那『混亂』就是帶來希望的救贖。」

「我既不代表『善』，也不代表『惡』。我將成為這世上唯一的『混亂』，成為斬斷善惡法則的救贖之劍。」

他那番話立刻讓所有人明白了。

少年並不打算站在任何一方，而是成為善惡的統治者，成為世界唯一的「王」。

如此荒唐的想法讓眾人皆難以置信。可是沒想到，此刻少年透過「心聲響」終於浮現出一個影像。

一名碧髮少女的遺體躺在那裡。

「那個人，難道是雅典娜！」

「小雅……」

在眾人驚愕之際，赫斯緹雅的表情又最為鮮明。她雙腿無力跪倒在地，整個人彷彿失去了思緒。

「從現在開始，不願服從我的人，將與這名少女淪落相同的命運。」

「如果還打算反抗的話，就來王城找我吧。我將和所有『反抗者』奉陪到底。」

心聲響中斷了聯繫。

所有人都宛如凍結般，陷入不解的迷茫中。直到黑色劍客打破冰冷的沉默。

「走吧。」

「走？等等，那個魔族少女怎麼辦！吉爾大人吩咐我們要帶她回去啊！」

「沒時間理她們了。」齊格飛將雙刀收回刀鞘裡，「『魔王』已經闖入王城，再不快點回去，吉爾陛下就有危險了。」

聽到這句話，海克力斯遲鈍的腦袋才終於理解狀況。他望向一旁的金髮少女，「芙蕾雅，快點開啟傳送門，得回去保護陛下才行！」

「…………」

「喂，芙蕾雅！」

「……！是！」

「妳又心不在焉了，緊要關頭妳到底是怎麼啦?!」

「不、沒事，抱歉讓你擔心了。我現在馬上就……」

芙蕾雅向海克力斯鞠躬道歉，緊接在手上凝聚魔力。

「以時空之神為名，為吾開闢穿梭之道……『泰勒普提什』。」

等待扭曲的空間展開後，三傑便不再理會那兩名少女，他們默然步入傳送門，離開了斯拉佛山脈。

這一刻的寧靜，彷彿在慶祝著露希兒和赫斯緹雅成功度過了危機。

可是當迷幻的霧氣又籠罩山脈後，她們的內心也籠罩了一層陰影。

「露希兒大人，妳和馬爾大人真的是魔族嗎？」

「…………」

「難道這才是你們真正的計畫？小娜的死，也是因為你們——」

「吵死了，本王怎麼會知道啦！」

被嬌小少女大聲喝斥，讓赫斯緹雅頓時愕然失聲。

「快走吧。」

「欸？三傑已經離開了，我們要走去哪？」

「那還用說，當然是找那個笨蛋雜魚問清楚啊！」

想不到對馬爾行為反應最大的人，是與他同勢力的露希兒。

雖然赫斯緹雅想問的事情很多，但她決定先聽露希兒的話，從口袋中拿出一根牙籤大小的樹枝，隨著灌注魔力，樹枝漸漸變成一把魔法掃帚。

神器「翔疾枝」能以超越游隼三倍的速度飛翔。為了盡快趕到馬爾身邊，兩名少女乘坐上去，在冷冽的高空中疾馳著。

露希兒不明白，當然不明白……

不論是他的性格，或是他的過去，從一開始她就不理解他的種種一切。

不過，至少她現在理解到一個事實。

那就是身為「主人」的她，有義務要好好教訓那愚蠢的「部下」。

露希兒緊握雙拳，心意已決。

她知道自己很弱。
以當代人類的力量來說，她沒有特別的才能與堅強的意志。屢屢在訓練過程中嚐到失敗後，她都會將自己封閉在黑暗中，抱膝、哭泣。
再這樣下去，若哪天正邪戰爭再度爆發，自己會成為人類方的累贅。
迷失在薄霧般的人生中，那一天，她聽見了一道聲音──
「汝內心的光影，想要往何方追尋？」
那是別人不曾聽過的──神之語。
彷彿有道光明從天而降，讓這朵剛萌芽的花兒找到了精神寄託。
為了回應神明大人的期待，她選擇將自己化作光，試著去照耀他人。
只要有神明大人為她揭示真理，她就能從悲淵的泥沼中得到救贖。
她每天禱告，唯有雙手交扣，才能向神明訴說內心的感激，才能撫慰難耐的心靈。
然而，她從未想過會有今天……
神明大人不再與她對話了。
無論多麼虔誠地祈禱，祂都不再揭示真理。那樣的不安又再度將她抹上一層黑暗。
比誰都還要脆弱的她，又開始感到迷惘與不安。
「芙蕾雅，妳不要緊吧？」
「啊！是……」
「妳怎麼又恍神了，現在由不得妳發呆，吉爾陛下可是陷入危險之中啊！」
又被同伴指責了。

芙蕾雅明白海克力斯的著急，可是她卻無法看向前方，無法忽視內心消失的聲音。

「妳該不會失去『神語』的能力了吧。」

「欸？」

竟然這麼快就被發現了。

想當然耳，齊格飛藏在眼罩下的雙眼能看透他人內心的黑暗。她遺失信仰的悲傷肯定遲早會被他揭穿。

沒有神明大人的力量，自己不再有特別之處。她知道，心有迷惘的人是無法上戰場的，自己一定會被同伴當成拖油瓶拋棄。

「不要緊，一起戰鬥吧。」

然而，黑色劍客沒有吐出惡嫌之語。

「是啊，神明只是在睡覺啦。打起精神來，我們一起打敗魔王！」

海克力斯也以樂觀的話語回應。

他們彷彿代替了神明大人，給予她最珍貴的鼓勵。

沒錯，不能一直給同伴添麻煩。就算沒有神語，也還有神明大人賜予的光明之力。一定會走向美好未來！

抱著這份信念，芙蕾雅與兩名同伴沿著城牆外圍奔馳著。

「注意了。」齊格飛面色凝重，喊道，「有股邪惡的氣息在正前方。」

原本打算先到王室確認狀況，結果沒想到敵人就在不遠之處。他們加緊腳步，最後看見某處城牆上站著一名少年的身影。

彷彿與銀月融於夜幕之中，他展現出高傲與孤獨的姿態。在冷空氣灌入肺部的茫茫夜色下，少年的頭髮如寒冰般雪白，藏在鬼魅面具下的冰冷視線，彷彿能觸及他人靈魂。

「戴面具的白髮魔族？等等，他不就是芙蕾雅在暴食魔王城堡遇見的傢伙嗎！」海克力斯困惑道。

「邪氣量異常的少，大概不是魔王。」

「那肯定是魔王派來的守衛了，我們先解決掉他吧！」

「慢著，海克力斯。」

不料，一向冷靜的齊格飛突然神情有些詫異。

「奇怪，這傢伙是怎麼回事？」他手握著左腰上的神器，說，「我的『魔殺鳴』對這個人沒有反應……不，是產生了混亂。」

附著於漆黑之劍上的金色魔眼，此時像眨眼一樣不斷掀動眼皮，好似無法分辨少年的真偽。

「你說混亂？可是他有魔獸的耳朵，不管怎麼看都是魔族啊！」

「我當然知道，但魔殺鳴是從他人靈魂的形象來判別真偽……」面對未知的異狀，齊格飛只能如此解釋道，「簡直就像他外表是魔族，靈魂卻是『人類』。」

「什麼？難道他是由人類變成的魔族嗎？怎麼可能！」

「總之大家不要輕敵，他是個連我都難以捉摸的人物。」

「閒話說完了嗎？」面具少年腳步從容，接近三傑道：「看看鐘塔的方向吧。」

隨著面具少年說完，三人此刻凝望著鐘塔。

在那裡，有一名身體呈「大」字型的年幼少女被懸掛在時鐘正中央。她的衣衫破碎，臉色蒼白彷彿失去了生氣，全身還刻印著詭異的咒文，令人不寒而慄。

「我已經在她身上施下咒術了，只要輕輕彈指，邪氣的火焰就會開始焚燒她的身體。」
面具少年立刻向三人展示彈指，隨後不詳之火從少女的腳尖蔓延開來。
「快住手啊——！」海克力斯憤怒地大吼。
「不想讓她變成灰燼的話，就答應我一個條件。」面具少年伸出右手，指著神情憤慨的三名勇者，「一對一單挑，直到有一方全滅為止。」
冰冷的惡意迴響在夜幕中，他那番話讓在場三名勇者感到訝異。
雖說這方法能阻止三傑同時進攻，但以他的邪氣量來看，實力遠遠不足以擊敗任何一人才對。
難道是想拖延時間？但芙蕾雅不覺得狡詐的魔族會這麼單純，他究竟想做什麼？然而，沒有神明大人的指示，她無從給予其他兩名同伴正確的判斷。
「據之前的情報，他似乎有『虛榮』及『藐視』的權能。」齊格飛陷入沉思，然後開口，「但我的『破識』竟然看不到他的邪惡思想，難道真的打算單挑嗎？」
「既然如此，就是我上場的時候了。」海克力斯走向前，摩拳擦掌道，「就用我的拳頭，來揪出你陰險的伎倆吧！」
要論誰是勇者中最強大的前衛，那無疑是海克力斯。
既然看不穿面具少年的目的，那就讓無畏又堅韌的海克力斯來正面迎接陷阱。
芙蕾雅知道，這看似魯莽的決定，卻是他們現在最佳的選擇。
不能介入戰鬥的她只能雙手交扣，祈禱那耀眼而寬大的背影能受到神明祝福，迎接美好的結果。
「只要我的意志不滅，力量便永恆不滅，喝啊啊啊！」
為了救出無辜少女，海克力斯激發身體潛能，緊繃的肌肉冒出青筋，全身有如爆發般膨脹，給人一種身體變大的錯覺。
不仰賴武器和盔甲，僅靠肉體之軀鍛鍊到極致。海克力斯絕對稱得上是世上最強的勇者。
等面具少年也擺好戰鬥架式，兩人的戰鬥隨即開始──
「喝啊！」
以怒吼為信號，海克力斯踏出沉重的步伐，將石磚地表踩出蜘蛛網裂痕。最後他朝著面具少年跳了起來──宛如彗星的正義鐵拳從天而降。
砰轟！
空氣發出悲鳴，爆裂聲道入所有人耳膜。這樸實又緩慢的一擊由於意圖太明顯，導致被面具少年輕易躲開。不過……
如字面上的意思，城牆被「切開」了。
最原始的暴力將三十公尺高的城牆劈出一道閃電的裂痕，直直延伸到底部。伴隨著濃霧般的沙塵飄揚，城牆像蛋糕一樣變成兩半，把面具少年的逃跑路線給封死。
「這一擊只是想阻斷我逃跑嗎？」
「是為了阻斷你所有陰險伎倆！讓我的拳頭來粉碎你的邪惡吧！」
海克力斯如掀起的浪濤，他衝向面具少年後，開始揮出連續猛拳。
他的動作流暢而迅猛，飽含破壞力的拳頭每一擊都伴隨著呼嘯聲，肌肉的收縮與爆發都讓周圍的空氣為之顫抖。
可是承受槍林彈雨般連打的面具少年，以優雅而謹慎的步伐躲開每一擊。
若海克力斯耿直的攻擊是照亮世界的太陽，那面具少年的迴避便是深邃詭祕的月光，兩者交融，卻又無法觸及彼此。
最後，面具少年找到亂拳的空隙，他壓低身子拿出暗藏的小刀，朝著海克力斯的心臟突刺。
叮！
伴隨著敲擊鋼鐵的聲響，小刀斷裂了。
面具少年表情略顯驚愕，他拉開距離，看著手上只剩刀柄的暗器。
「『藐視』加持的小刀都刺穿不了你的身體？」
「沒用的！只要我的意志不滅，『金鋼不壞』就能擋住所有攻擊。就讓我正面接下你的『傲慢』吧！」
海克力斯是個非常單純的人。
而這份「單純」，造就了他的強大。
神明賜予他史上最強的能力「金剛不壞」，能將堅定的意志轉化為防禦力。單純的他，內心沒有一絲恐懼與迷惘，只有鋼鐵般的強韌意志。
如果連「傲慢」的攻擊都能擋下，那毋庸置疑，他是這世上唯一「無敵」的勇者。
「是嗎？」
然而，面具少年不為所動。
他是壓抑恐懼？還是另有企圖？恐怕除了神明大人之外，無人能知曉他內心的混沌。
不一會兒，兩人的攻防戰再度展開。鬥士以無敵的肉體能力，製造出壓倒性的優勢，而面具少年則是用精湛的迴避技巧，躲開所有迎面而來的拳擊。
「勝負揭曉了……」

看穿戰局的齊格飛，如嘆息般冷冷說著。

這看似永恆的戰鬥，其實局勢一直朝著某方慢慢逼近。

直到完成「布局」的那一刻。

「……！」

為了避開拳頭的面具少年向後一躍，不料腳踩的石磚突然崩裂，導致他的身體失去平衡。

看似只懂得蠻力的海克力斯，其實練就出屬於自己的戰鬥套路。他利用強健的體魄，不斷對場地進行微調破壞。

此刻面具少年上當了。

「喝啊啊啊！」

看準他失衡的瞬間，海克力斯降下貫徹「正義」的制裁。足以粉碎肉骨的鐵拳直接命中面具少年的腹部。

「嘎哈！」

背部撞向石塊地板，沙石紛紛飛揚，面具少年內臟破裂，嘔出了唾沫和鮮血。

海克力斯以威風凜凜的姿態屹立，俯視著倒臥在地上的敵人。

「邪惡，是你輸了！現在等待你的只有逼近的死亡。」

沒有輾轉、沒有反擊。正如齊格飛「破識」所看到的，面具少年在戰鬥中沒有參雜任何陰險手段。

可是……真的只是這樣嗎？

過於輕易獲得的勝利，讓芙蕾雅心頭的不安開始作祟。如果有神明大人為她揭曉結果，就能消除她內心的陰霾了。但她現在只能雙手交扣，祈禱一切不要發生變數了，然而……

「什麼！」

猶如應證芙蕾雅的壞預感，面具少年的身體開始變形。

假冒的偽裝卸下，在失去力量後，顯現出他真正的模樣。

駭人的光景，讓在場的三人都愕然失聲。

原本被海克力斯打倒的面具少年，變成了「年幼少女」的模樣。

他們連忙看向鐘塔，此時被綁在鐘塔上的，是一具用稻草捆起來的人偶。

「難道說，我的『魔殺鳴』之所以無法分辨他身分的原因……」齊格飛緊咬牙關，怒道，「是因為他操縱著少女在戰鬥嗎！」

利用「替身」來戰鬥，不僅能混淆齊格飛那把神器的認知，還能讓他的「破識」無法看穿邪惡的念頭。

彷彿對三傑能力瞭若指掌，面具少年設下了害惡的陷阱。

「這下糟了，得快點幫她治療才行！」

沒有馬上殺死對方是正確的，海克力斯蹲下來撐起少女，趕緊為她施展治癒術。

「吾向光明之神祈求，為此身降下洗盡汙泥的露水……」

「慢著，先不要幫她治療。」

不料，後方的齊格飛突然出聲阻止。讓海克力斯錯愕地瞪大雙眼。

「你在說什麼，現在可是人命關天啊！」

「這可能是陷阱，他現在是故意偽裝成少女的模樣，想引誘你幫他治療。」

齊格飛從另一個角度看穿面具少年的計謀。但卻換來海克力斯的斥吼：

「說什麼傻話！難道你已經看穿他是偽裝的嗎?!」
「不，我的『破識』還是沒看到他內心的惡意。但是——」
「沒看到卻還要我停手？」海克力斯聲音冰冷，朝著黑色劍客露出狐疑的目光，「還是說，其實你才是魔族偽裝的？想刻意誘導我們勇者互相殘殺？」
「蠢蛋，現在不是起內鬨的時候。」
「那你就拿出她偽裝的證據啊！」
「我只是要你別感情用事，衝動只會招來更多危險。」
同伴開始吵架了。
少女的身分很可疑，但無法辨識他人偽裝的齊格飛也令人難以置信。芙蕾雅既不想懷疑同伴，也不想對少女見死不救。
「芙蕾雅，快用妳的『神語』找到真相吧！」
「欸？但、但是神明大人還是不願意和我對話……」
「可惡，為什麼在關鍵時刻連芙蕾雅都失去能力……難道連妳也是魔族偽裝的嗎?!」
「欸！不、我不是……」
「海克力斯，別再質疑同伴了！」
「那你就告訴我啊！齊格飛，這少女到底是不是偽裝的啊！」
爭吵期間，少女的性命也一點一滴流失。這份焦急讓大家都失去了冷靜。
如果有神明大人在，一定能揭穿魔族的詭計了。可是……
瀰漫在虛假的大海中，芙蕾雅崩潰地閉起雙眼，摀住雙耳。

不想思考、不想面對。沒有神明大人為她指引方向，她什麼都做不到。

「……海克力斯哥哥。」

迫在眉睫時刻，一道顫抖的微弱聲音貫穿了三人的心房。

「不要吵架……對不、起，我造成了你們的……麻煩……」

聲音不是在求救，而是在向三名勇者道歉。

最後少女說完，她就這樣在海克力斯的懷抱中，安詳地閉上了雙眼。

「……不、不要啊啊啊！」

海克力斯再也忍不住了。

「吾向光明之神祈求，為此身降下洗盡污泥的露水……『茵里』！」

他不顧同伴的勸導，向生命垂危的少女施展恢復魔法。

到底該不該救這名少女？

到底什麼才是正確的？

對單純的海克力斯而言，「誤殺同伴」等同於汙衊他的意志。比起陷阱，他更不能接受沾染邪惡的自己。

因此，他現在只渴求少女能平安無事，竭盡所能為她治療，直到內臟和骨頭都完好如初為止。

沉默的冷風，彷彿融入三人的心境，他們靜靜等待著少女重新睜開雙眼。

最後約過了十秒的時間，少女嬌柔的眼眸，終於綻放開來。

「……海克力斯哥哥？」

「醒來了嗎？太好了，妳沒事真是太——」

嗶。

僅僅只是一瞬間的破綻。

「只要意志堅定，就無懈可擊嗎？」

「啊、啊啊……你、你——！」

「很遺憾，當你內心動搖的那一刻，就再也不是『無敵』了。」

年幼的少女……不，「面具少年」以整隻右手貫穿了海克力斯的心臟。

伴隨著龐大身軀倒下，面具少年從容地重新站起身體，並用手背擦拭臉上的血跡。

剩下的兩名勇者只能驚愕地看著這一切發生。

「為什麼……我的『破識』看不穿你內心的邪惡念頭？」

「邪惡？」面具少年宛若冰冷的機器，淡然道：「我的所作所為都是為了『拯救世界』，何來邪惡念頭？」

他徹底瘋了。

將瘋狂的思想化為善意，對自己的惡行毫無知覺。

像這樣的人，已經不是用邪惡能比喻的……他就是名符其實的「混亂」。

比邪惡更駭人，比正義更執著，必須優先消滅掉的不祥存在。

「芙蕾雅，妳負責支援我。」知道金髮少女不喜歡殺生的齊格飛，拔出雙刀，正面與面具少年對峙，「讓我來終結你吧。」

在眾多勇者當中，唯有一名勇者與他人不同，他的內心沒有正義與善良的信念。

宛如冷酷的兵器、宛如殘酷的獵人、宛如無心的鋼鐵——「屠魔英雄」齊格飛，僅為劍而生。

他是劍士的「原點」，也是劍士的「盡頭」。他既是劍，劍既是他。

就算沒有劍氣技能或華麗的招式，也能靠著「揮劍」登峰造極。

此時此刻，「這把劍」出鞘了。

看著準備應戰的齊格飛。芙蕾雅也跨過逝去同伴的悲痛，她擦拭眼淚重新振作起來。

「以光明之什為名，賜予吾激發潛能之力……『巴佛』。」

隨著詠唱結束，七彩魔法刻印如音符般，在黑色劍客周圍繚繞，翩起生靈之舞。

鮮豔、美麗，不同色彩的魔力交織，如同細水般輕柔，卻又為黑色劍客湧入無比的力量。

「巴佛」是輔助魔法中最強的增益技能。能讓受術者得到奇蹟之力，發揮出突破身體極限的力量。

這是唯有每天禱告的芙蕾雅，才能從神明大人身上得到的恩惠。

絕對不能辜負神明大人的期待！

此刻，融合了最強的增益魔法、以及最強的劍技……世界，在這一瞬間「靜滯」了。

咻。

一道破風聲，彷彿輕盈的樹葉落在澄澈湖面上，時間掀起一陣漣漪，讓世界重新運轉。

「斬。」

無名的劍技，僅以一個字來詮釋暴力。

冷酷的一閃響盪空氣，此時齊格飛已經飛越到面具少年身後了。

斬擊超越時間，沒有留下過程，只留下「結果」。

彷彿被斬的痕跡都差點忘記裂開，鮮血慢了一拍才噴濺開來。

「他」的脈搏破裂，頸部和四肢變成無數肉塊。夜空宛若降下鮮紅沙星，恐怕「他」連自己死亡的事實都不知道……

「欸？」

明知結果會是如此，但芙蕾雅卻還是發出訝異聲。

因為被大卸八塊的人不是面具少年，而是齊格飛。

沐浴在鮮紅之雨下的惡魔，純白的面具和髮絲沾染上無數死亡的痕跡。

芙蕾雅不禁陷入無盡的困惑之中。

「怎麼會……不可能！齊格飛竟然——」

「跟我預料的時間差不多。」

「什麼意思，你、你到底做了什麼！」

「自己看看天空吧。」

她聽著面具少年的話，緩緩仰首，看著黯淡的夜空。

然而，令人不敢相信的事實映入她的眼簾。

「明暗星……變『黑色』了？」

原本是象徵著「善」的光明色彩，此時被邪惡的顏色給覆蓋過去。

人類花了三百年，好不容易才讓世界和平，為什麼卻在短短時間就……

「數百萬名勇者累積起來的聖氣，照亮了明暗星的色彩。」面具少年換口氣，冰冷道，「而我『一個人』就得到了足以覆蓋這些聖氣的邪氣。當然對付誰都是輕而易舉。」

濃厚的邪氣在面具少年身上纏繞。

這令人近乎窒息的壓迫感，絕對不是虛假。她不明白，為何他能在一夕之間得到顛覆世界的邪氣，

到底是為什麼……！

困惑與恐懼夾雜心頭期間，面具少年無情地走向她。

「……！」

脆弱的她，不僅失去了神明，還失去了重要的同伴。

這一刻的無助感使她雙膝一軟，眼角淚水如瀑布氾濫，顫抖的胴體響盪著無聲的悲鳴。從裙下漸漸溢出的溼熱潤澤反應出她內心的恐慌。

但她的雙手依然十指交扣著。

那是她依慰心靈的最後一搓火苗，祈求神明大人能在這一刻賜予奇蹟。

……不。

她早已深感絕望了。

現在的祈禱，僅僅只是希望——自己死去的最後一刻，能再次聽見祂的聲音。

那樣的激情，讓她像失去理智般，向面具少年求助著答案。

「為什麼，為什麼神明大人不回應我了呢……」

好似看到聖職者可憐無助的醜態，面具少年輕嘆了一口氣。

「奉勸妳，別把心思浪費在那傢伙身上了。」

「…………」

「因為祂本來就是個我行我素的混蛋。」

像是無奈地分享著自己的經歷，讓芙蕾雅詫異地睜大眼眸。

他那句話是什麼意思？難道說，他也聽得見「神語」？

「只剩最後一瓶，就不讓妳進去了——」

但在得知答案之前，面具少年向她伸出手。原本被淚水浸溼的視線，漸漸被染上了一層黑暗。

意外地，沒有痛苦、也沒有噴濺的血液，反而有種沉睡般的安心感。

發生什麼事，芙蕾雅並不知道。

唯一理解到的事，只有即使到了生命的盡頭……

神明大人依舊沒有回應自己。

⚔ ⚔ ⚔

無論是誰，只要活在世上，心中都必然懷抱著屬於自己的和平。

那是生命的本能，是生命與生俱來的渴望。為了追求和平，他們無不能找出種種理由，光明正大地追尋。

那一天，人類終於戰勝了世間的邪惡，迎來真正意義上的「絕對和平」。

不必再忍受邪惡侵擾，人類得以享受安寧恬淡的日常。

「絕不會讓你得逞，可惡的魔族！」

然而沒想到，邪惡又出現了。

一名勇者高舉騎士劍，融匯了火、水、雷元素的力量，朝向「魔族」發動攻擊。

「都說了，我不是魔族啊！」

「少騙人了，我已經察覺到你身上的邪氣，你一定是魔族偽裝的吧！」

「什麼鬼啊！這麼說來，你身上不也有邪氣嗎！我知道了，你一定就是魔王派來的手下吧，竟然偽裝成人類，太卑鄙了！」

「啥？你還想強詞奪理到什麼時候。既然這樣，就讓我的『正義』來揭露你醜陋的本性吧！」

「正合我意，可惡的魔族，我會把你們消滅殆盡！」

美麗的正義，為了和平而綻放。

刀劍與魔法糾纏，怒火與濃煙交融，此刻世界各地的勇者都在為了「和平」而奮戰。

魔族太可惡了，卑鄙至極。

居然敢偽裝成人類的模樣，在城市中肆意生活。為了根除潛藏在「善」之中的邪惡，所有勇者都挺身而出。

大家的意志堅韌如鋼，倒地、站起、倒地、再站起——不論魔族發動多少次攻擊，都絕不會垮下。

一定要守護世界的和平。

只要勇者還活在這世上，就不容許邪惡蔓延。他們將這份信念昇華為執念，直到最後——

象徵「善」的明暗星，逐漸變得黯淡無光。

不滅的決心，延長了戰火的延燒，甚至越演越烈。

正義的高歌、不撓的毅力、純善的理想……這些全都化為永無止盡的內鬥。

然而，卻沒有一個人抬頭仰望天空。

因為在每位勇者的眼中，都只剩下必須剷除的「邪惡」。

魔族太可惡了，卑鄙至極。

一定要把他們消滅殆盡。

這是身為一名勇者——
必須貫徹的正義！

⚔ ⚔ ⚔

這不是多複雜的把戲。
天恩祭典開始那天，馬爾把自己的血液混入食物當中。如此一來，他的魔力就能附著在每位勇者身上，順利發動「虛榮」的權能。
只需在勇者身上製造虛假的邪氣，就能激起他們對魔族的仇恨，讓數以萬計的人類卷入內鬥之中。
人類互相殘殺違反了明暗星「善」的法則，因此海量規模的廝殺很快就讓世界的邪氣劇增，而實行這齣計畫的馬爾也獨自得到大量的邪氣。
現在，他已經擁有足以支配世界的力量，只差最後一步，就能將一切結束掉。
「人類的英雄王——吉爾迦美什。」
在王城的宏偉宮殿中，鮮紅的絨毯鋪陳在地面上，延伸出一條莊嚴的路徑。馬爾站在紅地毯的起點，目光凝視著站在紅地毯盡頭的蒼老男子。
在昏黃的燭光照耀下，「善」與「惡」的影子終於正面對峙了。
「果然到我這裡來了。」吉爾見到意外的訪客，靜靜地閉上深邃的眼眸，「魔王，你打算向人類復仇嗎？」
「復仇？我可沒那種閒情逸致。我來這裡的目的只是為了摧毀掉『天恩石』而已。」

「你闖入祕密地下室的時候，不是已經把天恩石破壞掉了嗎？」

「少裝傻了。」

這句反駁，讓吉爾的面龐略顯訝異，他苦笑道，「原來你已經猜到了啊。」

「是啊，而且我的猜測是……」馬爾彎起冰冷的笑意，伸出食指比向吉爾的眉心，「你其實就是『天恩石』，對吧。」

話語融入空氣，隨著微風在王室內殿中彌漫。

天恩石是高級神器，在失去原主人「傳奇勇者」之後理應失去原有的能力，但卻在這三百年間持續運作著。

他唯一能想到的是，「天恩」的力量傳承到了後代，而吉爾就是當下擁有天恩之力的後裔。地下室存放的天恩石是假的，吉爾不惜違背明暗星「善」的法則，欺瞞人民真相，將真正的天恩石下落隱匿起來。

面對馬爾的猜測，吉爾像是靜謐的森林，毫不為他的話語動搖。直到一陣寒風拂過，輕觸著高掛在牆上的燭火。

「是謊言造就了和平，還是和平造就了謊言？」吉爾反問道，「少年啊，你現在追求的和平，是否也是個謊言呢？」

「與你有何關係。」

「不願意回答嗎？哼哼，那我們就是同類人了……但你以為成為『混亂』，世界就能和平了嗎？」

「不必擔心，我會負起責任，讓所有人類與魔族都過上安逸的日子，不會再有戰爭與內鬥。」

「果然你的想法太天真了。」吉爾彷彿揶揄地笑著，說，「很遺憾，人類實在太脆弱了，脆弱到你永遠無法給予他們信任。」

縱使馬爾給予人民最安穩的生活，潛藏在人類深層的黑暗面——恐懼、孤獨、不安，將會像浪濤一樣不斷掀起。

這些絕望一點一滴累積起來，最後將會誕生出勇於反抗，為和平挺身而出的——「勇者」。

所以說，戰爭將永不結束，和平也永不到來……

「直到你的願望化為一抹塵埃，走入不復存在的歷史。」

吉爾淡然地向馬爾傾訴事實。

猶如踐踏著他人的美夢，無論怎麼追求理想，都無法斬斷人類不安的鎖鏈。

「這句話，是在嘲笑你自己嗎？」

「看來你還是不懂啊，少年。」吉爾緩緩拔出了腰際上的銀製聖劍，「我的意思是，我將成第一個擺脫你『和平』束縛的勇者！」

在充斥著金碧輝煌的宮殿內部，「英雄王」的信念與「魔王」的威嚴交織在空氣中，形成一股無法言喻的壓迫感。

一場攸關命運的最終戰鬥即將展開。

「就讓你見識神明賜予人類的真正力量吧。」

難以直視的凜然金色聖氣，如沸騰般從吉爾身上湧現出來。

劍刃閃爍一道白光。當他擺起戰鬥架式時，周圍劍氣盤旋，宛如一群守護天使，護佑著這位孤高的英雄。

他眼神中堅定而深沉的光輝，彷彿承載了無數歷史的重量。

「我擁有『劍聖世族』無與倫比的劍技，以及『神器世族』才能駕馭的高級神器，還有『神威世族』引發奇蹟的能力，加上『剛力世族』不屈不撓的毅力……」

傳奇勇者的後裔，擁有不同於一般勇者的力量。

他是被神明選中的「人類最後希望」。背負著拯救世界的使命，讓他化為一座不可撼動的堡壘。

紅色披風隨風揚起，剎那間，在劍氣與聖氣縱橫下，一片肅殺與危險的氛圍籠罩著整個空間。

「魔王啊！就算你得到支配世界的力量。我也擁有全人類的勇氣、信念、希望！來吧，讓我們好好一較高——」

然而吉爾的話還沒說完，世界突然停滯了。

就像無聲無息的微風，悄悄地滲透進來。等待時光重新運轉，吉爾最先察覺到的，是自己胸口噴濺出來的血液。

「廢話真多，乖乖睡一覺吧。」

「嘎哈……你、你是什麼時候……！」

不到毫秒時間，馬爾用迅雷不及掩耳的速度，將灌注邪念的直拳無情地貫穿吉爾的胸口。

等待拳頭拔出的那一刻，吉爾嗆出一口血沫，然後倒躺在紅地毯上，黏稠的血液緩緩蔓延到冰冷的地表。

連遺言都來不及說，英雄王就這樣死了。

沒有激情的戰鬥、沒有曲折的劇情，馬爾已經強大到用「一拳」就粉碎掉人類的最後希望。

然而……

「哦？」

與此同時，馬爾察覺到外頭喧囂的聲音。

他離開嚴肅的王室，緩步走到一望無際的王座臺前，當低頭俯視地面時，他看見底下集結了數千名勇者。

也許是終於察覺情況不對，離伊培塔尼爾城市較近的勇者都紛紛趕回王城。

但也正好，站在王座臺上面對無數人類，正是馬爾發表宣言的時候。

「你們的國王就在剛剛被我解決了。」

他的聲音中不帶任何野心與狂妄，冷漠地向各位勇者傾訴著。此刻所有人都露出錯愕與困惑的神情。

「……吉爾陛下，怎麼會！」

「不可能！最強的吉爾陛下竟然會輸給魔族……不可能啊！」

「這、這一定也是騙術，吉爾陛下不可能會輸的！」

縱然所有人都難以置信，都無法扭轉殘酷的事實。

人類之王——吉爾迦美什已經敗給了「惡」。

「從現在起，我將會成為你們新的統治者。」馬爾高舉沾染鮮血的右手，指向天空，「我會讓魔族與你們人類，都過上幸福和平的生活。」

「誰會相信你啊，可惡的魔族！」

「絕對不會放過你的，我要替吉爾陛下報仇！」

「對手只有他一人，各位，我們一起上！」

勇者們紛紛凝聚魔力，七彩萬光綻放，兵器刃雨射散，足以毀滅一座山的龐大能量，彷彿滔天洪流般湧上了王座臺。

「白費功夫。」

然而，馬爾只是用手輕輕一揮，在空間中製造一層邪氣屏障，就將迎面而來的魔法、弓箭、砲彈、飛刃全都吞噬掉。

手持近戰武器的勇者想試圖攻堅王城，但這時門口也被濃厚的邪氣給阻擋。

宛如嘲笑著所有人類，現在換邪惡得到了明暗星「庇護」的力量。任何來自人類的攻擊都無效。

但最令人絕望的不只如此。

馬爾接著釋放體內的邪氣，天空頓時被濃濁的瘴氣籠罩，彷彿海嘯般將整座王城給吞噬。

「這團黑霧是……邪氣?!」

「咳！邪氣滲入體內，不行，完全使不上力……」

「可、可惡，這股邪氣量，未免也太驚人了吧！」

黑濁的邪氣迅速侵蝕著所有勇者，承受不住惡意之氣的人都紛紛昏厥，就算能忍受的人，也因痛苦而身體無法動彈。

「人類們，只要願意和魔族和平共處，我就放過你們。」

「誰會相信你啊！什麼和平，你只是想滿足自己的慾望吧！」

「愚蠢。」馬爾語氣淡然，接著道，「權力、金錢、名聲、女人……我不需要這些無意義的慾望。我唯一的願望是——你們所有人都在這世上『和平』活著。」

「可惡、可惡……！」

趴在地上的勇者們低吼握拳，彷彿不情願承認。

大家的內心只剩下憤怒的情感。唯有憤怒，才能掩蓋他們不想面對的事實。
為何魔族能停止作惡？
為何魔族能抑制私心？
為何魔族能像勇者一樣善良？
一旦承認這樣的魔族，就等同於承認之前試圖消滅邪惡的勇者們，都變成了冷酷無情的惡魔。
所以他們不能相信，不願相信，不過——
「如果我們當時聽雅典娜的話，以『守護』來代替『殺戮』的話……」
已經有人開始質疑自己的信念了。
「難道我們一開始就錯了嗎？是我們對魔族的憎恨，才導致這種結果。」
如果勇者能放下仇恨，停止殺戮，那馬爾的計畫也無法如願以償。
現在，無論人們多麼後悔，都無法改變世界被他統治的事實。
——已經沒有人能打敗魔王了。
三傑、英雄王，全世界的勇者，都拿這名帶著面具的少年束手無策。
不僅是現在，未來數百年的世界恐怕也由他支配。人類享受的「絕對和平」已如泡沫般消逝而去。
脆弱的人類開始祈禱。
祈禱現在能出現一名，比英雄王更強大、更堅韌的人物出現。他們希望神明能降下這樣一位偉大的人物，為他們帶來希望。
然而……
「馬、爾!!!!!!!!!」

願望成真了。

隨著一道高吭的嬌柔嗓音，在無垠的夜空中迴盪時，少女對著「最強邪惡」來了一記飛踢。

當然，這拙劣的偷襲很快被馬爾側身閃過。但少女對抗邪惡的英姿，已經映入所有勇者的眼簾。

是誰？是誰從濃厚的邪氣中站起來？是誰突破了魔王的屏障？

擁有如此實力之人，肯定是超越三傑、超越英雄王的存在。

不——

在場的所有人都知道，她不是勇者的同伴。

邪惡的犄角，駭人的尖牙，以及那充斥輕藐的傲慢眼神。

她是魔族，是名符其實的邪惡，可是……

「本王不准你再繼續胡鬧下去了！」

——她的言詞，卻是站在「善」的一方。

露希兒雙手插腰，敲響牙齒，彷彿訓斥著不聽話的部下。

⚔ ⚔ ⚔

月光從瀰漫邪氣的夜空中淡淡地穿透進來，照亮了靜謐的王座臺。

「給本王說清楚。」細長的雙馬尾隨風搖曳，露希兒神情嚴肅，桃粉色的眼眸中照映出少年的身影，「不是說只要破壞天恩石就好了嗎？現在到底是什麼情況啊？」

面對質問，馬爾像一尊冰雕孤傲又冷冽。他平淡地回答：「如妳所見，世界已經不再被人類所支配了。」

他攤開雙手，猶如主張自己的理念。

「我成為這世上最強的『混亂』。未來的日子，魔族能慢慢重建文化，以最快速度達到魔族復興。」

「這個計畫，也包含讓鐵塊女死掉嗎？」

「放心吧，被我殺掉的所有靈魂，全都收納進『魂容瓶』裡並存放在安全的地方，沒有一個人會死。」

縱使馬爾的計畫冷酷無情，他還是小心翼翼保護了所有生命。這場腥風血雨的戰爭並沒有任何人死亡。

他的「魔王復興計畫」在各方面都進行非常順利。然而——

「這是你真正的想法嗎？」露希兒緊握拳頭，含咬怒意瞪著馬爾，「你一定知道吧，即使這麼做，仇恨的鎖鏈也不會消失。」

露希兒是這世上最了解馬爾的人。因此，唯有她知曉這項計畫的真正目的。

「你打算讓自己變成人類和魔族的『共同敵人』，對吧！」

所謂的戰爭並不僅僅是敵對關係。

遇到「更強大的敵人」，會促使敵對勢力聯手，對抗共同威脅。而此刻那個威脅就是馬爾。

藉由轉移仇恨對象，讓人類與魔族不再相互仇視。馬爾聞言後先是一陣沉默，隨後輕輕嘆息道。

「嗯，是的。」

「你……！為什麼要讓自己置身在危險之中啊！」

「用我一人就能換取和平，這世上還有比這更划算的交易嗎？反倒是妳，一旦阻止了我，魔族又會回到被人類支配的時候。妳難道不希望魔族復興嗎？」

「可是馬爾一點都不是當魔王的料，區區的雜魚，少爬到本王頭上去了！」

「竟然為了這點小事阻止我。」無奈嘆氣後，馬爾隨即擺起戰鬥架勢，「那別怪我不客氣了。」

「正合本王的意。」

兩人面對面，黑色邪氣彷彿有著靈魂，從他們體內不斷湧現。

馬爾知道，因為明暗星的「惡」值提升，露希兒大概恢復原本的力量了。若不小心受到她「藐視」的攻擊，就算是他恐怕也很難全身而退。

不過，這只是毫無意義的顧慮。

「靜止吧。」

世界猶如被按下暫停鍵般「停滯」了，接著馬爾以最快的速度衝向露希兒。

自從得到大量邪氣以後，他能利用「虛榮」來妨礙他人對時間的感知，只要遲緩他們的「體感時間」，就能製造出類似時間暫停的能力。

就像當時對付齊格飛和吉爾一樣，用這招就能馬上解決露希兒——

「呵，愚蠢。」

王座臺的石磚表面崩裂，無數尖銳的黑色長槍如草木般自地下冒出。

由黑色濁氣幻化而成的鋒刃，宛如地獄的怨念之音，冷酷地瞄準馬爾的腳下。

……什麼！

見狀露希兒反擊，馬爾迅速向右跳避開。但銳利的鋒刺仍然刺穿他的手臂及大腿，鮮血染透了他的黑色大衣。

以馬爾現在的再生速度來說，這點傷勢不算什麼，但他仍難以掩飾驚訝。

與此同時，露希兒雙手抱胸，彷彿早已看穿他的計謀般。

「竟想用邪氣傷害自己的『主人』，雜魚得寸進尺也該有個限度吧。」

這番話，讓馬爾摸索出答案了。

在「主僕契約」的制約下，他無法利用邪氣對露希兒發動攻擊。

「是嗎？」隨著傷口以極快的速度恢復，馬爾重新擺起戰鬥架式，「那『小打小鬧』的程度就可以了吧。」

從之前「凹手指」可以得知，制約並非禁止所有暴力行為。單純肉體接觸的攻擊是可行的。

不必想著打倒，只要消耗她體力到動彈不得就行了。

「在了解妳的實力之前，先來收集情報吧。」

「……欸？喂！別想逃啊！」

馬爾化作疾風，以最快速度衝進了王室裡頭。

露希兒急忙追了過去，可是等她剛進入門口的時候停下了腳步。

此時王室內部的燭火都已經熄滅，使得裡面變得一片漆黑。

周圍的空氣彷彿凝固，在感受到令人窒息的壓力同時，露希兒不斷環顧四周，卻都沒發現馬爾的氣息。

「嗯？……嗚啊！」

緊接著，一道來自陰影中的踢擊將她打飛數公尺遠。

露希兒想試圖反擊，但等她站起身體後，剛剛的氣息又消失了。

「明明自稱最強魔王，結果好像沒什麼實戰經驗嘛。」

「可惡！」

露希兒雙手往地上一拍，黑色長槍像沙蟲一樣從地表延伸到聲音來源處。但可想而知，這一擊並沒有命中馬爾。

彷彿陷入永夜的宮殿內部成為馬爾理想的戰場，他熟練地消除腳步聲，用黑暗來隱匿自己，成為這片漆黑之地的主宰。

「看來妳在適度控制力量呢，是擔心傷及到我？還是怕把王城弄塌了？」

「少囉嗦，別躲躲藏藏了！雜魚！」

隨著露希兒揮動雙手，數十條由邪念化形的黑蛇從她的手中湧現，如同黑色的浪潮般筆直撞擊天花板。

這肆意的力量立刻把天花板撕咬成碎片，等待灰塵散去，月光終於將整間宮殿照亮了。

「大費周章真是辛苦妳了。」

「……！」

然而，馬爾沒有看漏這一瞬間的破綻。他彷彿影子般繞到露希兒背後，打算以肘擊偷襲她。

「……『跪下』！」

不料，馬爾脖子上的項圈發光，他的身體又不受控制地半跪下來。

露希兒運用「主僕契約」的力量化解了偷襲。與此同時，她趁著馬爾無法動彈的時候，立刻轉身給予他一記迴旋踢。

「就說了，不許再命令我。」

「什麼……嗚啊！」

但沒想到馬爾突然動了起來，他側翻閃過迴旋踢，並立刻邁開步伐，再次朝露希兒的側腹施展肘擊。

伴隨著空氣從肺部嗆出，露希兒又被打倒在地了。

「為什麼『命令』會無效？」

「並不是無效。」此時不詳的濁氣，附著在馬爾的每一寸肌膚上，「我只是讓『邪氣』操縱我的身體罷了。」

「還有這招？」

「只要釋放邪氣的對象不是妳就不受制約影響。」馬爾擺起架勢，穩固下盤及重心，「當然，不僅僅只是『操縱』而已——」

一眨眼的瞬間，馬爾以驚人的速度衝向了露希兒。

他讓邪氣操控自己，達到了超越人類極限的靈敏度。彷彿製造了無數分身，從各個角度對露希兒展開猛虎般的亂擊。

嬌小少女只能一味地用邪氣屏障防守，完全找不到反擊的機會。

最終馬爾找到防禦的空隙，他壓低身子，瞄準露希兒的腹部，釋放充滿威力的掌擊。

「嘎哈！」

少女肺部空氣擠出，嗆出唾沫。但馬爾攻勢尚未結束，他接著拉住她的左手，反身向後拋摔。

「……嗚！呃！」

隨著地表被撞出粉塵，馬爾冷冷地俯視著躺在地板上的少女。

「放棄吧，妳不是我的對手。從剛剛的戰鬥就知道妳的實力連三傑都不如。」

「笨蛋雜魚……」露希兒的指甲在地板刮出一道痕跡，「你果然不知道，本王想阻止你的理由是什麼吧。」

馬爾嘆了一口氣，他怎麼可能會不懂。

「一山不容二虎」的理由只是表面話，她真正的原因，一定是不希望馬爾獨自承擔後果。這份溫柔的善意，就是她挺身而出的理由。

但馬爾不會停下腳步的。

因為只有完成這項計畫，才能實現他想要的未來。

「不管妳的理由是什麼，這世上都不存在比『和平』更重要的事。」

「你真的是笨蛋……」

露希兒再度站起來，聚集邪惡之力，一次綻放出三十條黑蛇占據著整間宮殿。

但就算增加數量，馬爾也已經從戰鬥中看穿露希兒的攻擊模式。所以即使面對蛇潮，他也輕易地閃過撕咬。

「是啊，我們都是笨蛋。」

不願說出口，用憤怒和拳頭掩飾真正的情感——這點馬爾也是如此。

但又何妨呢？這正是兩名「傲慢」的選擇。能在這場戰鬥中最後保有意識的人，將有著決定未來的權力。

「是時候該結束了。」

馬爾壓低身體重心，像疾風一樣迅猛地穿過黑蛇的獠牙，接著一口氣衝向露希兒。

她交叉雙手試圖抵擋拳擊，但馬爾立刻壓低身體，以掃堂腿將她絆倒。接著踢擊、膝擊、肘擊，最後是迴旋踢，動作流暢而精準。伴隨著一連串的悲鳴，露希兒再次被擊倒在地。

「……可、可惡！」

她不甘示弱地站了起來，將邪氣集中在正前方，射散出無數黑色長槍。然而，即使牆壁被打成蜂窩，仍未有一槍擊中馬爾。

露希兒已經沒有戰勝的可能。

彼此實力差距過大，她的眼神、行動、呼吸都會透露自己的想法。馬爾作為一名深思熟慮的武鬥家，已經徹底將戰局掌握到手中。

「你就非得要讓本王說出來嗎！」

無論她說什麼都無濟於事。

馬爾心意已決，即使要踐踏少女的溫柔也在所不惜。

看著連腳步都站不穩的嬌小少女，馬爾化身成魔鬼，準備給予她最後一擊。

不願放棄的露希兒，又再次從手掌中召喚黑蛇，但此時的數量連之前的一半都不到。

她的攻擊變得遲鈍，馬爾只是以最小動作就避開掉所有黑色軌跡，直到最後，馬爾揮出強而有力的右拳，讓兩名「魔王」的戰鬥，在這一刻劃下句點。

「——本王就是不想失去『你』啊！」

那句話，毫不保留地響徹在空氣中。

少女的淚水化為激情，讓馬爾伸出去的右拳停止動作。

只是露出一瞬間的破綻，就讓一條黑蛇纏繞在他的右手臂上。

「糟了！」

謹慎執行計畫的每一步，卻在此刻化為烏有。剩下的黑蛇彷彿為抓住的獵物感到喜悅，紛紛纏繞住馬爾的四肢。

就算想用邪氣切斷黑蛇，也因「主僕契約」的制約而失效。露希兒抓緊機會，朝著馬爾衝了過來。帶有「藐視」的小小拳頭具有破壞整條石頭橋的威力。只要露希兒正面對馬爾揮拳，肯定能輕易將他打至昏迷。

他失算了，沒料到自己竟然對那句話有所反應。

但無論多麼後悔，現在都只能閉上雙眼。

等待著與失敗一同落入黑暗之中。

「……？」

然而，那種結果並沒有發生。

取而代之，馬爾感受到身上有股溫暖的體溫。

少女擁抱了他。

像是深怕失去一樣，雙手緊緊摟住他的肩膀。

「和平也好、魔族復興也好，本王不在乎世界變得怎樣……」

在傲慢魔王輕藐的俯視下，所有生命都跟雜魚沒兩樣。

理應不該存在特例，可是……

「本王只要馬爾陪在人家身邊就好了呀！」

傲慢魔王此時內心產生了「特別」的存在。捨棄尊嚴、捨棄使命，以一名「平凡少女」的身分，向少年道出充滿私心的渴望。

馬爾愣住了，愣了好一陣子。他搖搖頭，清醒後才意識到現在是反擊的好時機。只要讓她昏過去，屆時，就不再有人能阻止他的理想了。

然而沒想到，他卻遲遲下不了手。

因為他明白了一件事，就在少女擁抱他的那一刻，有一股熾熱的情感湧上心頭。

不知不覺，那名為「幸福」的情感，早已勝過他內心對和平的渴望。

謊言的面具碎了。

他知道自己在說謊，用這項計畫把自己騙得鬼迷心竅。

害怕孤獨的他，一點都不想成為孤高的魔王，他只想成為一名無時無刻陪伴在「主人」身邊的隨從。

在少女真誠的話語中，已經將他編織的謊言粉碎殆盡。

現在的他，只想用自己這雙手，好好地將自己的「真心」，回應給少女。

「以無名之神為名，為吾封盡罪惡根源……『迪梵爾納雷』。」

詠唱的細語如一道冰冷的寒風，凍住了馬爾的念頭。

「快離開！」

順從內心湧現的壞預感，馬爾立刻把露希兒拋出宮殿外面。被粗暴對待的露希兒不禁發出一陣哀號。

「喂！你突然幹嘛——」

「……呃！呃啊啊啊啊！」

「馬爾？」

當露希兒抬起頭時，她看見了宮殿的底部閃爍著魔法陣的紋路。

神聖的光芒蕩漾在空氣中，魔法陣漸漸地變成一個光之牢籠，晶瑩剔透的結界將馬爾關進其中。

同時，宛如撕裂五臟六腑的痛苦燃燒著馬爾全身上下。在結界中掙扎的他試圖用邪氣將其破壞，可當邪氣碰到光牆的瞬間，就像蒸發一樣消散淡去。

在外頭的露希兒也召喚出一把長槍，筆直朝結界射去，但依舊換來相同的結果。

「本王的『窺視』無法破壞那個結界，怎麼會！」

「『迪梵爾納雷』是人類耗費一百年的時光研究出來，專門封印魔王的術式。」伴隨著熟悉的低沉聲，一名男子的身影緩緩從走廊現身，「所有觸碰到結界的邪氣都會化為烏有。只要碰不到，那傲慢魔王的權能也不管用了。」

「……你、你這傢伙是誰呀！」

出現在露希兒面前的蒼老男子，全身散發著無比銳利的氣息，讓她不禁退卻半步。

而這熟悉的身影，立刻讓結界中跪倒在地的馬爾瞪大雙眼。

「怎麼可能會有這種事！」

——吉爾迦美什，又再度出現了。

馬爾趕緊查看腰包中裝有「吉爾靈魂」的魂容瓶，然而瓶子並沒有遭到破壞。究竟是為什麼他會出現在這裡？

「很遺憾少年，你當初的猜想是錯的。」吉爾此時從領口中掏出一個鑲嵌著鮮紅魔石的項鍊，「我的『天恩石』，代替我的靈魂被關進那小小瓶子裡了。」

「天恩石代替了你……等等，難道說——」

馬爾不禁對那句話感到毛骨悚然。

倘若吉爾不是天恩石，那麼讓它運作的另一種方式，就是將「傳奇勇者」的靈魂寄宿在天恩石裡。

「你簡直是瘋了……呃！」

「看到了吧，你現在的痛苦，正是我等英雄王世族，為了守護和平的奇蹟所在！」

面對吉爾超脫「善」的執念，馬爾已經不想與他說下去了。

他把注意力回到破壞結界上，但無論釋放多強的邪氣攻擊，都馬上被純白無后的結界吞噬殆盡。就算用附加「藐視」加持的小刀刺穿結界，也因威力不足而沒辦法破壞。

灌注人類「善」的力量所特製的封印術式，此刻成為馬爾的死胡同。

「沒用的，我刻意鬆懈王城戒備，就是為了引誘你落入陷阱。不管你現在有多強，『迪梵爾納雷』都會慢慢吞噬你的邪氣。」

滿意的吉爾攤開雙手，彷彿享受著勝利的滋味笑著。

「魔王啊，你就好好品嚐人類的結晶，直到生命最後一刻吧……嗯？」

吉爾說到一半，他的腳邊頓時湧現許多黑色針刺。

但在被黑刺貫穿身體之前，他立刻朝旁邊跳開。並把目光移到一旁的嬌小少女。

「差點忘了還有漏網之魚呢。」

「你才是雜魚！快把那個結界解除掉！」

「等等，快逃啊魔王，妳是打不過他的！」

面對人類之王，露希兒似乎也想應戰。可是馬爾深知她的實力遠遠不及吉爾。但不管選擇戰鬥還是逃跑，恐怕對現在來說都沒意義了。

吉爾彷彿獵魔人，彎嘴露齒一笑，「我不會放過任何一個魔族的。」

他拔出銀劍的瞬間，露希兒立刻展開攻勢，將邪念幻化的黑蛇無情地咬向他。

可是沒想到，吉爾不但沒有閃躲，還硬生生用手上的劍將黑蛇的身體給斬斷。

「竟然把本王的權能給斬斷了？」

「我這把神器可是有『迪梵爾納雷』的加持。」說完，吉爾一個箭步，穿梭到露希兒的背後，「那麼，永別了，魔族。」

話音剛落，冰冷的銀劍從後方刺穿了嬌小少女的胸口。

「呃、咳哈！」伴隨著痛苦的呻吟，血沫從露希兒的嘴裡吐出。等銀劍拔出，她的身體也隨之倒下。

這一刻的寧靜宛如凍結般，馬爾彷彿連身體的痛苦都遺忘，錯愕地將殘酷的景象收盡眼底。

「這就是人類的勝利！」

在至高的王座臺上，吉爾舉起沾染鮮血的銀劍，向底下數千名勇者高聲宣告。

「是吉爾陛下，他打倒魔王了啊！」

「果然是人類的希望，吉爾大人創造奇蹟了！」

「終於……人類又戰勝了魔族，又是『善』的勝利啊啊啊！」

受盡邪氣影響的勇者們，雖然連站起來都很勉強，但他們的歡呼聲卻在夜幕中迴盪到天空的彼端。

「馬、爾……」然而，在宛如大海般的聲浪中，馬爾聽見了少女近乎氣絕的呼喚。

躺在黏稠血泊中的她，眼角流著淚水，緩緩伸出顫抖的右手。
她想說什麼，恐怕已經沒有力氣再說下去了。
但縱使生命即將走到最後一刻……
她的嘴角，依然彎曲笑著。
「魔王，妳……」
面對如此絕望的窘境，她的神情依然閃爍著希望。
彷彿只要相信「奇蹟」，那就能夠改變命運。
露希兒在右手上，以生命為代價開始凝聚起力量。最後漸漸地，力量變成了她內心的顏色。
純潔無瑕的「聖光」，就在露希兒的右手綻放。
「……？等等，那是！」
耀眼的光芒彷彿奪走黑夜，也吸引了吉爾的注意。
這不是邪氣，而是由一名少女的意志、思念、以及渴望所凝聚起來的……「心意」。
露希兒將手上的光化成了一把箭，朝著馬爾的位置射出。
最後，強大的聖潔之力在「藐視」的權能下，與「迪梵爾納雷」結界碰撞產生巨大能量，最後……
砰轟！
伴隨著轟雷巨響，結界被破壞了。
看見以引為傲的封印魔法碎裂，那一貫維持沉穩面容的吉爾，此刻也難以掩飾驚愕的神情。
「……不、不可能！為什麼魔族也會使用『聖氣』的力量啊！」
本該是由神明賜予人類的力量，卻發生在一名邪惡的少女身上。

吉爾不明白，完全不明白……

然而，他也沒有機會得到答案了。

因為擺脫束縛的「魔王」，已經從濃霧中現身——

「喝啊啊啊啊啊啊啊！」

伴隨著怒吼，馬爾以驚人的速度揮出拳頭，揍向吉爾的左臉。

不給他倒地的時間，馬爾緊接讓下一拳直擊他的腹部。而後又再一拳揍向他的鼻梁。

少年的每一拳灌注的不是殺意，而是純粹的憤怒。

在心中藏匿起來的激情，宛若點燃的星火，不斷朝著吉爾身體各處猛打。

就這樣直到最後——

「滾吧。」

最後的上鉤拳，讓吉爾的身影宛如流星般，消失在夜空中。

久違的怒意，使馬爾的呼吸變得急促。

而等寧靜再度回歸的時候，他立刻把注意力回到嬌小少女身上。

他抱起露希兒，但此刻只剩空虛的沉重感襲擊他的心靈。

——她沒有心跳了。

連再與她對話的機會都沒有，就這樣離開人世。最後的魂容瓶也用完了，沒辦法保住她的靈魂。

「結果唯獨無法拯救的人……偏偏又是『妳』嗎？」

縱使一切安排妥當，仍然無法改變命運。就在這絕望的時刻裡……

「哼哼，哼哈哈哈哈……」

馬爾笑了。

猶如嘲笑自己般，猙獰地笑了。

因最後結局和「過去」一樣，他嘲笑自己的沒用、嘲笑自己的失敗——

不對。

這不是嘲笑自己的無能。他很清楚，這是按捺不住的「喜悅」。

因為這一次，他終於不會再失去了。

「妳說過吧，部下只是魔王的糧食。」

「主僕契約」的聯繫，讓馬爾本能地知道自己擁有「為王獻身」的力量。

只要將自己的性命奉獻給露希兒，就能將她復活過來。

理論上要滿足復活魔王的條件，必須要有大量的邪氣才行。但現在只需要馬爾一個人就足夠了。

靜靜的黑夜吹拂著一陣冷寒。他閉上雙眼，匯聚體內的邪氣。

生命的能量，猶如本人的內心呈現孤寂的淡灰色，最後化成細細的水流，傳遞給了躺在懷中的少女。

生命遷移的過程，讓馬爾脖子上牢固的項圈也漸漸出現了裂痕。

同時，他的肉體也正在崩裂。

忍受撕裂般痛楚，他面露的不是痛苦的表情，而是滿足的微笑。

這才是他恢復記憶後，內心真正的「渴望」。

比起追求世界和平，他真正的渴望，只是個極為單純又青澀的想法。

那就是——守護自己最心愛的人。

終章・即使她不是完美的王

少年愛上了一個人，愛上了這世上最美麗的女性。

她的笑容能攪動人心。

她的黑眸能勾勒靈魂。

她的美貌能讓世界為之傾倒。

同時，她也是這世上最狡猾的騙子。

如夜一般黑暗，卻又像冰一樣幻化自如。如此一位女性，能隨心所欲扮演任何身分，無論是人類、還是神明。

「皮斯克大使，來談談今天的重點吧。」

在莊重國際大會廳裡，她準備與本國的外交大使談論起南北國家的和解條約內容。

然而，這其實是祕密組織「流浪犬」的巧妙布局。

為了揪出企圖搗亂國家和諧的政界人物，她假扮成某財團的千金小姐，與扮演著隨從的少年一同執行任務。

組織唯一的目標就是——世界和平。

為了阻斷國與國之間的仇恨鎖鏈，「流浪犬」拋棄正義與法律，潛伏在不為人知的陰暗處，慎密地執行每一步計畫。

這場會談，將攸關南北國家的未來關係。但此時少年的心思卻不在任務上，只是在享受著虛假的「主僕關係」。

自從被她伸手拯救的那一刻起，他便深深愛上這名女性。

默默注視著她的背影，少年並不在乎世界變成怎樣。唯有臣服於她，才是他的一切。

「馬爾，替客人重新倒杯茶。」

「是，露普希爾小姐。」

少年恭敬地應答後，便走向前替他們倒茶。

但沒想到在這樣的過程中，卻出了一點意外——他倒茶的手在顫抖。這細微的破綻，立刻打斷了正在談論國家大事的兩人。

「抱歉，我的隨從似乎沒見識過這樣的場合，所以有些緊張呢。」

少年的失誤，很快地在她的淡笑聲中化解。

但唯有少年知道，方才的反應並不是因為緊張。

就在剛剛稱呼「她」的名字時，一股熾熱的感情湧上腦門，讓他不禁臉蛋泛紅。

原來自己還有這一面。

儘管知道這是假名，但少年卻對喊出愛慕對象名字的舉動，感到害燥不已。

這是他第一次露出破綻。

也是他隱瞞在心中的甜蜜陰影。

當找到皮斯克大使與黑幫勾結的證據後，少年與她立刻卸下偽裝，以特務的身分將他制伏逮捕。

隨著這起事件結束，南北國家終於簽下了真正的和平條款，結束了長久以來的戰爭。

兩國之間的和平，就在她的「謊言」下實現了。

同時他們虛假的主僕關係，也宣告到此結束。

但儘管恢復成原本的特務關係，在少年心中，她依然是自己的主人。

宛如沉眠在美夢的搖籃中，他深深地著迷在她的「虛榮」之下。無論未來如何變化，他都只想永遠跟隨在她身後。

這是屬於他一個人的扮家家酒，一個人的祕密。

「總部派遣了一項新任務，位於東南地區的軍武中心正遭受黑幫集團的劫持。」

好不容易得到的和平，又再度被惡意給破壞。

為了奪回政治權力，黑心的政治官員暗地派遣黑幫集團占據軍武中心，並打算發射飛彈至北國領土，以重新點燃兩國之間的仇恨。

「流浪犬」的特務趕緊前去阻止事態發生。不料，他們中了敵人的陷阱。

超出預估數量的黑幫集團從四面八方埋伏，以壓倒性的人數優勢將特務逐一擊敗。

不僅傷亡嚴重，甚至連通訊系統也遭駭客入侵，導致無法聯繫總部。

在極為艱難的窘境下，殘存的特務只能放棄任務，從軍武控制塔撤離。

若沒有將飛彈控制室破壞，一旦主導權在敵人手上，屆時國家將會再度引發戰爭。然而，作為本次作戰小隊領導的「她」，決定獨自一人執行炸毀控制室的任務。

所有特務都知道，一旦再次闖入敵陣，能倖存的可能性是微乎其微。

「等我回來。」

可沒想到，她的笑容彷彿抹去了所有人的不安。

她是個騙子，能帶給所有人希望的騙子。

藏在那抹笑容中的自信，實際上背負了死亡的覺悟。

所有人都不發一語，只是望著她漸行漸遠的背影。唯獨少年表情錯愕，好似只有他知道真相一樣。

不，是只有他不願意接受真相。

對一個組織來說，這僅僅只是失去一名特務。

但對少年而言，卻是失去了一切。

他無視代理隊長的命令，追隨「她」的軌跡，直奔戰場。

奔跑，毫不猶豫地奔跑，猶如瘋狂般的感情作祟，讓少年眼裡只剩下「找到她」的渴望。

遇到持槍敵人就把對方揍飛，遇到阻擋去路的敵人就給對方過肩摔。

哪怕刀子劃傷肌膚、鐵棒打斷骨頭、子彈貫穿皮肉，少年依然跨越同伴及敵人的屍體，在口吐血沫下持續邁開腳步。

沒有什麼是比「主人」更重要的。

焦急與痛苦在炮火如雨的地獄中綻放，最後，隨著一陣爆炸聲響起，他終於找到了飛彈控制室。

當他跑到控制室大門入口時，目睹到的卻是絕望的光景。

「她」躺在冰冷的地板上，胸口被子彈貫穿，周圍的血泊有如紅花盛開。

美夢的搖籃停止擺動了。

無聲的悲痛在少年的腦海迴盪，淚水如泉湧般從臉龐滑落。

彷彿回到過去愛哭的少年，他將她摟在懷中，痛哭，嚎啕大哭。

不管怎麼呼喚，她都不再睜開雙眼。只屬於他的信仰，已然隨著周圍的爆炸聲消逝而去。

「……？」突然，少年的右手背感受到一股溫度。

在烈火肆虐，足以燒灼皮膚的熱度中，貼附在他手上的溫度卻是如此溫暖。

這時少年才意識到，那份溫度來自「她」的手。

就像最初相遇時，她再次牽起少年的手，然後彎起豔紅的唇瓣，微笑。

「——活下去。」

這是她給予少年最後的吩咐，也是最後的遺言。

但少年並沒有服從命令。

因為對他而言，早已品嚐到比光明更加美好的事物。

他愛上了一個人，愛上了這世上最美麗的女性。

墮落的他，已經無法自拔地擁抱深淵。他的身體及靈魂全都淪陷在她的美麗之中。

少年閉上雙眼，任由孤獨的漆黑，飄盪著、環繞著。

雖然沒有一絲光明，但他懷中的女性，卻比世上任何事物還要溫暖。

他所深愛的黑暗就在身邊，誰也奪不走。

宛若這就是命運，這就是選擇的話……

那他將繼續推動美夢的搖籃，扮演著虛假的「隨從」，與「主人」一同沉入更深邃的黑暗中。

直到他們在另一個世界中相會。

✕ ✕ ✕

黑色的大海，將意識帶入了遙遠的夢境。

沉墜、揚起，徜徉在宇宙間的光芒繽紛交錯，宛若夜幕上的星流翩起曼妙舞姿。馬爾的意識又再次回到熟悉的奇幻空間。

但這次有點不一樣。

站在銀河編織的瀑布上，他看到周圍有許多細小的星塵在飄蕩著，星尾留下粉末的痕跡。

心神飄渺之際，一道黑影悄悄地從他後方現身。

「萬物生命在洪流之間，命運的織者所擁抱的籤詩，會是星？還是夜？」

隨著熟悉的女性嗓音流入馬爾的耳畔。他回頭，眼前出現的是一名穿著黑色禮服、束著單馬尾髮型的女性。

禮服的裙襬搖曳著星芒，她如雪般的白皙肌膚，與她的黑色氣質形成強烈對比。花容月貌宛如墜入凡間的仙女，黑色眼眸璀璨光輝，而那迷人的唇瓣就像一朵黑玫瑰，揭示著不可侵犯的神祕，以及動人的魅力。

她微笑——不，「祂」揚起滿意的微笑，緊接開口道，「最終，汝迎來的命運又是『夜』呢。」

這就是馬爾執行計畫後的最終結果。

獻出性命，換取露希兒的未來。以結果來說，不但沒成功破壞天恩石，還因為他的死亡，導致大量邪氣從世界中蒸發，讓明暗星再度傾向了「善」。

雖然他徹底失敗了，不過……

「我不後悔自己的選擇。」夢幻的縹緲中，馬爾露出冷峻的苦笑，繼續道：「至少也算是完成了義務，與魔王的扮家家酒就到這裡結束吧。」

儘管失去了所有，也能不帶一絲遺憾離開人世。

謊言終究是謊言，無論編織得多麼絢麗，都不可能取代真實。

那天他與露希兒在屋頂上，用花言巧語欺騙她的感情，最終是不可能實現她的心願。

畢竟，他有一個終生不能忘記的「主人」。

縱使天人永隔，馬爾也希望那位女性能永遠活在他的心中。信仰不可被取代、不可被遺忘。

如今的結果，就只是在為當時的謊言做最後圓場罷了。

「雖然對魔王很抱歉，但至少我不會背叛她的心意。就讓這齣謊言活在她的記憶中吧。」他向未知神坦白一切。

聞言後的馬尾女子靜靜閉上眼眸，伸出手，用纖細的指尖輕觸著飄盪的星塵。

「汝又選擇『說謊』了呀。」

「…………」

「用動聽的謊言蒙騙自己的真心，人類真是自相矛盾的生物呢。」未知神彷彿揶揄般，半睜著迷人的眼眸，含笑刺破說謊的氣球，「汝其實可以更坦率一點，接受真正的自己有何不可？」

祂不留情面，簡直狠狠甩了馬爾一巴掌。

「哼，祢果然討人厭到極點。」

「『愛』本身並不需要多麼崇高的理由。即使那位少女在汝心中不像『她』那麼完美。也是汝拚盡一切想要守護的對象，不是嗎？」

「就算是這樣，我也沒辦法改變信仰。」說到這裡，馬爾眼簾垂下，低語道，「因為，我不想失去那份『溫暖』。」

擁抱在懷中的黑暗，是驅散他寒冷的燭火。

這是屬於他的美麗童話。

他害怕一旦有了新的信仰，就會漸漸掩蓋掉「她」的存在。所以那怕要戴上虛假的面具，他也要避開不想面對的現實。

「看來汝尚未明白，那句話的真正含意。」

「……嗯？」

隨著未知神道出那句話，祂接著觸摸一粒星塵，輕輕地推向馬爾面前。

馬爾自然地去用指尖觸摸它。而當光芒被點亮的瞬間，一道景象頓時出現在他的腦海。

——一名穿著「流浪犬」制服的醫療人員，在替昏倒的少年包紮傷口。

「……這個是？」

「是汝不曾見識過的『記憶』。」

他有些困惑，不過很快地，他繼續觸碰著其他星砂。

——在篝火照明的夜晚中，駝著身軀的年老女性將昏迷的少年少女帶離冰冷的洞窟。

不知為何，當掀翻這些不曾見過的景象時，馬爾頓時有股熾熱的感情湧現心頭。

他繼續輕觸著，一段又一段的記憶如同幻燈片般，不斷從他腦海中蕩漾。

——嬌小少女揹著少年走到古堡出口。

——「流浪犬」的特務們在掩護受重傷的少年帶離戰場。

——藍髮少女從包包中拿出魂容瓶搶救生命垂危的少年。

隨著不存在的記憶如海濤般襲擊腦門，他倒抽一口氣，內心又掀起了那一句話。

「唯有身處黑暗，才能看見光明的出口。」

馬爾所愛的女性曾對他說的話，難道真正的意思其實是……「不是待在黑暗，而是要我從黑暗中正視『光明』？」

「不僅如此，汝所經歷的人生中並不只有一盞光明而已。所有改變汝命運之人，都將成為照亮黑暗的星光。」

事實上，光明一直都存在著，一直都在馬爾的身邊。

就像這些記憶，無形之中有許許多多的光明照亮著他。全都是為了延續他「活下去」的意志。

真正該面對的不是黑暗，也不是一道光明的出口，而是抬起頭，面對一望無際的星辰。

他伸出雙手，捧著眼前無數在空中漫舞的星粒。所有拯救過他的人，都會像這些星星一樣，成為他記憶的一部分。

不會忘記，也不會消失……

「我真的可以追尋新的信仰嗎？」

「最後的結局，終將是個人選擇。」

「祢還是老樣子，說話愛拐彎抹角呢。」未知神的回答讓馬爾不禁苦笑。但即使祂又給模稜兩可的回答，馬爾也已經明白自己的心意。

就如同「和平」一樣，信仰也不只有一種形式，他仍是能邁開步伐，跟隨心目中理想的主人。

不管是「她」還是露希兒，這些光明都會寄於心中，隨時引領著他正確的方向。

「那麼，時間應該差不多了。」

「又打算讓我轉生到另一個世界了嗎……呃，這是？」

突然間，馬爾腳下踩著的銀河瀑布逐漸淡化散去。他的身體彷彿落入深海般緩緩沉墜。

周圍的星砂與極光也像剝落般漸漸消逝在夜幕中。馬爾記得這種感覺，這是意識即將清醒的前兆。

可是……

「怎麼會，我不是已經把性命奉獻給魔王了嗎？」

「汝還不明白呀，明明吾方才說那麼多了。『命運的織者』本來就不只一人喔。」

即使沒有講明，馬爾也知道拯救自己的人是誰。

是赫斯緹雅。

她知道馬爾的真實身分，依然使用「魂容瓶」拯救瀕死的他。

「放心吧，汝所重視的那名少女也被她拯救了。以結果來說，汝等的未來都還在持續著呢。」

「到頭來，連讓我選擇『黑暗』的權利都不給了嗎……果然還是得付出代價啊。」

他知道自己做了不可原諒的事。

等甦醒之後，他就得好好處理善後，無論是面對露希兒、雅典娜、還是那些被他傷害的勇者。

不管是命運的巧合、還是未知神又偷偷動了手腳，馬爾都淡然接受即將面對的未來。

「對了，臨走前，我得好好跟祢道謝才行。」

「哦？」

「若當時沒有祢引發的『奇蹟』，讓魔王使用『聖氣』的話，我們肯定都會死了。」

他們能活下來的契機，全歸功於當時發生的奇蹟。本該不屬於魔族使用的「善」之力量，卻在那瞬間打破了法則。

馬爾在此向未知神表達感謝，可是卻換來祂歪頭不解。

「吾只負責引領方向，沒有出手協助羔羊的義務。」

「嗯？可是當時魔王的確用了聖氣的力量……」

馬爾不禁面露詫異。與此同時，未知神彎起深長的笑意，說道。

「何不想想，其實早在三百年前，就有魔族與人類懂得『和平共處』呢？」

留下那句話作為伏筆，馬爾的意識漸漸地離開了這如夢境般的飄渺空間。

同時，他也笑了。

這看似難以理解的謎團，結果以如此好懂的方式得到解答。

「怪不得那傢伙這麼有『人性』。」

他獨自在深沉的黑色大海中呢喃。如果說，他的未來是被三百年前的「和平」所拯救的話，那馬爾願意相信，相信「她」也會繼續活在自己的未來中。

直到有一天……

與「她」一起實現和平的夢想。

⚔ ⚔ ⚔

宛若靜滯的時間裡，只有靈魂掀起微弱的漣漪。

扯開虛幻的絲綢，將意識脫離無垠的深海，直到真實的脈動湧入肉體。

伴隨著肌膚沐浴在溫暖的光芒中，馬爾用力眨起眼皮，慢慢地睜開雙眸。

天空是天花板，石磚製的天花板。

四周彌漫著陳舊老書的紙張氣味，他的身體躺在一張熟悉的床上，讓他立刻明白這裡是雅典娜和赫斯緹雅的家。

「終於醒了啊，沒用的雜魚。」

與此同時，床邊少女發出的聲音，輕輕道入他的耳畔，是露希兒。

馬爾很快地將焦點落在她嬌柔的臉蛋上。但沒多久，他意識到一件事，讓他又把視線瞥往別方。

他伸手輕觸自己的脖子，此時只剩皮膚的溫熱觸感，原本緊固在脖子上的「項圈」已經消失了。

要啟動「獻祭」的魔法，必須以「主僕契約」為媒介。本該隨著項圈一同消逝的生命，卻被某種特殊方式得以保留，導致馬爾現在失去的只有主僕契約。

「我……」想要說點什麼，卻找不到半點理由。

儘管是為了拯救露希兒的性命，馬爾還是背叛她的心意，再度選擇犧牲這條路，甚至還把兩人重要的羈絆給弄丟了。

糟蹋她所重視的一切，馬爾已經能預見她接下來的反應，不管是責罵還是憤怒，他都會好好面對。

「幹嘛露出一副要挨罵的表情？」

「……？」

「不過是契約解除而已，你如果還想追隨本王，就好好跟在人家後面就好啦。」

結果她只是攤手嘆氣而已。面對她的反應，馬爾感到有些驚訝。

他知道露希兒總是把真正的心情藏在心底，但這次她的神情中卻沒有一絲哀愁。

彷彿領悟到了什麼，讓她坦然接受改變。得到她的諒解後，馬爾也漸漸放下心中的罪惡感。

也許自己與她的關係，本來就不需要仰賴契約吧。

「你們的事情說完了嗎？」忽然間，門口傳來一道冰冷的聲音，籠罩了狹小的房間內部。隨後，一名少女從門口現身，她以冷冽的目光刺向躺在床上的犬耳少年。

「給我把事情說清楚。」突然，雅典娜拔出腰上的銀劍，指向馬爾的鼻尖，「你那一天到底做了什麼？」

「等、等等，妳冷靜一點啦！馬爾雖然做了很離譜的事，但他至少沒有殺死任何人，妳看，大家不是都活得好好嗎。」

「不是指那件事。」

「欸？」

事實上，結局並非無人死亡。早在那件事之前，已經有人犧牲了。

「在你昏迷期間，我回去老家一趟。」雅典娜嘴角顫抖，含咬憤怒瞪視著馬爾，「果然，蜜涅娃奶奶的死跟你有關吧！」

馬爾就像淡然接受一切，靜靜地閉上眼眸。

「我願意接受任何懲罰。」

「……你這傢伙！」

「馬爾！」

砰——撞擊牆壁的聲音迴盪在空氣中，雅典娜用力扼住馬爾的脖子，將他壓在牆上。

同一時間，又有一名少女走進了房間。

「露希兒大人，我來送早餐了……欸？馬爾大人醒來了？還有小娜……等等，你們在做什麼啊！」

見狀突然的展開，赫斯緹雅急忙放下早餐，趕緊阻止摯友。

「發生什麼事了？馬爾大人才剛清醒而已，小娜，拜託先冷靜一點！」

「當、當時的情況不是妳想的那樣！本王和馬爾也是逼不得已才——」

「我當然知道啊！」

近乎咆哮的聲音響徹天空，隨著崩潰的情感傾洩而出，雅典娜的眼眶泛滿了淚水，她嘶聲道，「你們也是為了活下去才拚盡全力……但最後犧牲的人，卻是一直陪伴我長大的奶奶，你們要我怎麼接受事實才好啊！」

魔族面臨的困境，雅典娜心知肚明。

然而延續他們性命的代價，卻是犧牲了自己深愛的親人，令她無法接受事實。

聽到她悲喪又鋒利的話語，讓旁邊兩名少女不敢再多說什麼。

「魔族，我奶奶在臨死前說了什麼，把知道的事情通通說出來。」

「她說要以自己的性命，來換取我們的未來。」

「……胡說八道！」

「呃！」

上揚的怒意，讓雅典娜更用力扼住馬爾的脖子。

氣管被阻塞的痛苦讓馬爾發出呻吟。然而失去親人的怨恨，卻使碧髮少女不斷加強力道。

「快住手！」再也無法忍受的露希兒，開始凝聚黑色邪氣，打算以暴力制伏暴力。

怒火、仇恨、威脅，此時各種暴動的色彩交織在空氣中。

「奶奶可是勇者，是和邪惡魔族對抗的勇者啊！怎麼可能會犧牲自己來換取你們的性命！」

「哼，果然不相信嗎……那就沒辦法了。」儘管馬爾痛苦到眼角冒血，他的嘴角仍然揚起一抹笑意，「如果仇恨的連鎖……能在我這裡結束的話……就動手吧。」

「……你！」

「但至少希望……妳能放過那傢伙。」

他瞥眼望向旁邊的嬌小少女。雅典娜也順勢往那地方看去。

「你要我放過露希兒？」

「啥？馬爾又再說這種話啊！本王才不會讓你白白犧牲，鐵塊女，要打就來打啊！」

「你們兩個……」

雅典娜內心是知道的。

他們不同於一般魔族，即使面對強大的敵人，也毫不顧忌自身安危，全心全意想著守護對方。

這顆「善」的心意，漸漸地讓扼住脖子的力道減弱，雅典娜咬著牙向馬爾開口。

「問你最後一個問題……奶奶的墓碑，是你做的嗎？」

當微弱而沉寂的聲音道入馬爾的耳畔時，他靜靜地呼出一口氣，回答道：「嗯，是的。」

這簡短的回答彷彿震撼著雅典娜的心坎，她瞪大雙眼，全身為之凍結。

「……太狡猾了。」她垂下頭，碧色的長髮宛若乘著她的思緒，低眸、深思，「太狡猾了……身為魔族的你，明明可以更惡劣一點呀。這樣做，我不就連『復仇』的機會都沒有了嗎……」夾雜哽咽的聲音如同被細雨輕打的花兒，花瓣的邊緣緩緩垂落一絲悲愁。

最後雅典娜終於終於鬆開她的右手，然後轉身背對眾人。

「讓我獨自冷靜一下。」她沉重的步伐，彷彿是房間內最後的嘆息聲，「你們還沒得到我的諒解，至於犧牲我奶奶性命這筆帳，等以後再說吧。」

她留下這番話語，最後孤寂地離開了房間。

等待令人窒息的氣氛緩和下來，露希兒收回邪氣，同時鬆了一口氣。「原來鐵塊女就是蜜涅娃奶奶的孫女啊……呃，是不是應該在她爆怒前趕緊離開呢？」

「自從小娜的父母被魔族殺害之後，她就只剩下奶奶一個親人了。所以她現在心情肯定非常煎熬吧。」

逝去唯一的親人，甚至連最後的告別都來不及訴說。可想而知雅典娜內心的傷口有多麼深重。

然而即使如此，赫斯緹雅依然抬起頭，以堅定的眼神望著離去的摯友，「但我相信小娜，她一定很快就會原諒馬爾大人和露希兒大人的。因為呀，你們和其他魔族不一樣嘛！」

雖然最後彼此以不愉快的方式收尾，但不得不說，這已經是最好的結果了。

總算是平息了雅典娜這邊的事情。

但馬爾知道，事情並未就此結束。

「——該死的魔族，快給我出來！」忽然間，外頭傳來無數的嘈雜聲。

他們三人湧向窗戶，結果發現屋子下面已經聚集了大批勇者。

此刻才是他們要面臨的最大難題。

人類對魔族的仇恨，依然熊熊燃燒著。

⚔ ⚔ ⚔

仇恨連鎖就算斬斷了一條，依然還有其他交錯複雜、纏繞著的無數連鎖存在。現在眼前這群「敵人」，正是那些連鎖的真實體現。

縱使馬爾有自信能一對一溝通和談，也難以應對如此龐大的不理性和吵雜聲。他沒有面對眾多勇者的氣魄。

「總覺得氣氛有點可怕，馬爾大人和露希兒大人，用我的『翔疾枝』帶你們逃走吧。」

三人站在屋頂上，赫斯緹雅為他們的安危提出建議。然而，露希兒的神情卻十分嚴肅，她目光望著人群的方向。

「讓本王和他們談談吧。」

她彷彿不畏懼勇者，選擇與他們正面交談。

憤怒使人不講理，哪怕說錯一句話，都有可能引燃火花。而且露希兒並不像馬爾那般冷靜，也不善於說出動聽的言辭。

可是她依舊朝向人群邁開步伐。

微風滋潤著粉亮的髮絲，彷彿為露希兒的勇氣喝彩。她腳踩臺階的每一步都帶著沉重的覺悟。

在座兩人望著她嬌小的背影，沒有阻止……不，是無法阻止。

他們無法阻止「王」強大而威風的氣魄——不背對人民，不逃避怒火、不漠視仇恨。

即使她不是完美的王，依然有著面對民眾的勇氣。在種種仇視的目光下，她的堅定神情絲毫沒有動搖。因此，那兩人只能默默地跟隨在「王」的身後，注視，然後祈禱。

「聽好了雜魚們！本王站在這裡，只為了說一件事。」露希兒以響亮的聲音開場。直到所有人都安靜下來，她繼續道：「本王原本只是打算讓魔族復興而已，但是啊，最近發生的事情，讓本王已經受夠這個世界了！」她左手插腰，右手指著底下的人群，「你們盡是些無聊到極點的傢伙，到底你們腦子裡裝的是腦漿還是水藻啊。」

「……什麼！話說的這麼難聽，妳到底有何企圖！」以某位勇者率先開口。

「那還用說嗎？」露希兒緩緩舉起右手，彷彿懷抱著遠大的目標，指向了天空，「本王要以『魔王』的名義統治世界，制定全新的法則。」

這番話讓所有人驚愕地愣在原地，隨後沉默漸漸凝聚成了一團怒火。

「統治世界？開什麼玩笑啊！」

「又要成為『混亂』了嗎？果然魔族的話不可信啦！」

「可惡的魔族，通通去死吧！」

突然，底下某位勇者高舉法杖，凝聚魔力後，一顆熾熱的火球朝著屋頂飛去。

這位勇者的行動似乎成了信號，其他精通遠程攻擊的勇者紛紛舉起武器。箭矢、劍氣、各種魔法都朝著露希兒的方向發射。

糟了！

明暗星不再傾向「惡」，露希兒已經無力抵擋魔法與箭矢的海潮。

正當馬爾打算用自己的身體擋下攻擊時，忽然有道身影如風一般從他身旁飛過，站到了露希兒面前。

砰轟！

隨著爆炸聲蔓延開來，當濃煙散去後，一道星光閃爍的屏障輕易地擋住了所有攻擊。

「攻擊被彈開了，發生什麼事？」

「等等，你們看，那人難道是……！」
原本與馬爾他們不歡而散的碧髮少女，此時站在露希兒身前，保護她的安全。
「連話都不好好聽就動手，你們這些人還有資格稱自己是勇者嗎?!」
雅典娜收起「埃癸斯」，朝著底下的勇者們怒斥，瞬間平息了激動的氛圍。
「鐵塊女……」
「別誤會了，我還沒原諒你們。」她轉過身，走向與露希兒並排的位置，「奶奶的事能否得到我的原諒，全看妳接下來說的話了。」
究竟要讓雅典娜舉起盾牌、還是舉起銀劍?她雙手抱胸等待答案揭曉。
「哼哼，本王可不擅長說好聽的話呢。」
無論如何，這都是最後了。
人類與魔族的未來關係將變得如何，全看這名嬌小少女的發言。
「各位，這個世界需要『傲慢』的統治，除了本王以外的所有生物，都只是個沒用的雜魚而已。」
她傲慢地藐視著世界的一切，然而……
「正因為你們都是雜魚，所以不論是人類還是魔族，大家的地位、權力、價值都是『平等』的，不允許有人歧視他人，更不允許發生衝突！」
露希兒的理想雖與馬爾相同，但本質卻完全不同。
她打算創造的不是恐懼的支配，而是「平等的支配」。
以均衡所有生命的價值為基礎，讓每個人都有生存空間。只要給予魔族足夠的邪氣量維持生存，就能減少他們對人類的威脅。

不過，縱使這理想是所有人夢寐以求的和平，依然存在著問題。

「別把話說這麼好聽，你們魔族的本性不就是『作惡』嗎？世界的和平就是被你們魔族破壞的啊！」

人類與魔族的戰爭，正是由「惡」那方點燃戰火。

就如同人類在本能上學習道德觀，魔族也有著與生俱來的邪惡本性。只要有一人掀起鬥爭與殺害，那就不可能實現露希兒所追求的平等。

美好的理想就像一面鏡子，隨時都可能在一個衝擊下破碎。

「說得沒錯，即使讓本王來勸說，也不可能讓魔族停止作惡。」

「那還說什麼平等！不是就連妳自己也無法解決問題嗎！」

「——但本王會保護你們。」

「…………」

「無論是人類還是魔族，本王都會去對抗那些企圖破壞平等的傢伙，既然無法阻止，那就去『守護』吧！」

就像雅典娜守護弱者的理想一樣，露希兒將不區分善惡，保護所有生命免受他人侵害。

為了實現那樣的世界，她再度將右手指向天空。

「放棄明暗星的荒誕法則吧！從現在起，本王要用自己的邪惡理想，重新建立新世界的『七大法則』——！」

最後，隨著氣勢淩人的嗓音迴盪耳膜，她的執念、渴望、以及覺悟，全都傳遞到了天際的彼方。

「——第一條，不管是人類還是魔族，全都必須納入本王的統治之下。」

她就像「貪婪」，渴望支配所有人。

「——第二條，本王會珍視每一個生命，不會離棄任何一個。」

她就像「縱慾」，對每個人心懷愛意。

「——第三條，膽敢欺負弱者之人，本王絕不饒恕。」

她就像「憤怒」，無法容忍別人以強凌弱。

「——第四條，不只是本王，所有人都要一起阻止破壞平等之人。」

她就像「怠惰」，不會獨自扛下責任，而是將責任交付給每個人。

「——第五條，不允許有人自立為王，來顛覆本王的權威。」

她就像「嫉妒」，不能接受其他與她對立的王。

「——第六條，要讓本王的法則，一直持續到永遠。」

她就像「暴食」，永無止盡沉浸在自己的理想中。

「——最後一條，魔王『露希兒』，將是世界唯一的王！」

她就像「傲慢」，永遠站在世界的頂點。

貪婪、縱慾、憤怒、怠惰、嫉妒、暴食、傲慢……她將貫徹「惡」的本質，來實現屬於她的理想世界。

——一個「絕對平等」的世界。

所有人都沉默了。

驚愕、詫異、呆愣，各式各樣難以置信的情感浮現每個人心頭。

究竟這段沉默結束之後，會迎來怎樣的風波？露希兒好似也理所當然地明白。

肯定會得到無數的掌聲和歡呼吧。

然而——

「噗哧。」

隨著一道細微的笑聲從某處掀起，接著就像被微風吹拂的草原一樣，街道上頓時充滿了各式各樣的笑聲。

所有人都被露希兒那番話逗笑了。

「哈哈哈，什麼邪惡理想啊，這分明就是『和平理想』呀！」

「不行了，這些話從魔族口中說出來實在太奇怪了哈哈哈！」

「堂堂的魔王說出這些話也太蠢了吧，不過內容倒是挺不錯啦哈哈。」

海浪般的歡笑聲席捲露希兒的耳畔，她在一陣恍惚之後，不禁氣得臉紅跺腳。

「唔，喂！你們這群雜魚是在笑什麼啦！本王可是很嚴肅在宣示耶！」

「……噗哧。」

「嗯？」

「哈哈、哈哈哈！什麼嘛，這不就是『做魔王不成反變英雄』嗎。」

「鐵塊女？怎麼連妳也在嘲笑本王啊！」

沒想到雅典娜在聽了露希兒的演說後，原本不歡而散的關係也得到了釋懷。

也許從一開始，讓世界不和平的源頭並不是「邪惡」。

人類與魔族之間，那延續不斷的「仇恨」，才是讓世界陷入紛爭的真正元凶。

以結果來說，最後阻斷仇恨的方法，靠的不是正義，而是大家的笑容。

雖然露希兒沒有王的風範，但她是個重視所有人，並努力朝向光明邁進的「主人」。

「總算讓我有想臣服妳的念頭了呢……雖然只有一點點。」

沉浸在歡笑聲中，馬爾雙手抱胸，暗自小聲地呢喃著。

⚔ ⚔ ⚔

以結果來說，露希兒的演說失敗了。

就算她提倡著每個人都盼望的理想世界，也因為她「魔族」的身分而無法讓所有人信服。

善惡之間持續數百年的芥蒂，並不是那麼容易化解的。不過……至少伊培塔尼爾的居民，已經不再對魔族懷有恨意了。

「你們兩個，已經決定要離開這裡了嗎？」

「想住多久都沒關係喔，馬爾大人還有露希兒大人，真的不再考慮一下嗎？」

高掛藍天白雲的早晨，此時某處的家門口瀰漫著些許哀愁。

「事情還沒結束，我們無論如何都要重建魔族文明才行。」

「哼！本王早就受夠人類的臭氣啦，洞窟潮溼味都比這裡好聞多了。」

「咦？是這樣嗎，但我倒是很喜歡露希兒大人身上的味道喔。」

「……啥？母、母豬在說什麼傻話，別以為這樣說本王就會對妳改觀喔！」

「還有馬爾大人的氣味也是，每次早上幫他整理床鋪的時候，那氣味十分地……嘿、嘿嘿……」

「果然本王特別討厭妳，尤其是那發情的味道，臭母豬！」

「呀！露、露希兒大人，現在外面很多人……不、不可以摸那裡呀！」
「不過就是一頭母豬，可惡，為什麼那兩坨雜魚脂肪那麼大啊！」
「快、快停手……露希兒大人，這樣人家的身體又會被弄壞的！」
不顧周圍經過的人群，露希兒把赫斯緹雅推倒後，又開始搓揉她豐滿的胸部。
感傷的離別變成這種發展，馬爾和雅典娜似乎很有默契，一同深深地嘆了口氣。
「老實說，我還沒原諒你。」雅典娜將嚴肅的目光投向馬爾的臉龐，「但我相信奶奶的選擇。你們所走的未來，我會好好審視的。」
「嗯，我們絕不會辜負她給予我們的未來。」
馬爾伸出右手。對此，雅典娜也接受了他的誠意，兩人相互握手。
「說起來，那個……」
「嗯？」
突然，雅典娜雙眼游移，似乎想說什麼，她吞吞吐吐地開口，「……下、下次你們回來的時候，可以再做『哈寶排』給我們吃嗎？」
馬爾有些詫異，但他很快地苦笑回應：「不必，因為我已經把食譜放在廚房的桌上了。」
「欸，真的嗎！那我等一下來試做看看！」
「記得節制點，不然可是會被赫斯緹雅吃垮的。」
「哈哈，什麼嘛，你老是在奇怪的地方特別細心呢。」
兩人在談話間對彼此投出笑容。雖然雅典娜沒有完全放下疙瘩，但卻能和他們和平共處。
馬爾相信，這小小的和解將會成為斬斷仇恨連鎖的起點，總有一天，真正的和平一定會到來。

「你們兩個，一定要再回來喔！」

兩名魔族邁開離別的步伐，那兩名勇者少女也圓滿地向他們揮手道別。

終於正式與那兩名人類分道揚鑣了。

這些日子中，他們解開人類變成勇者的謎團，並抹去心中的迷惘，而最重要的——他們還找到與人類和平共處的希望。

也許往後的日子，還會遇到像雅典娜他們一樣的夥伴，並展開新的事件也說不定。

抱著這份期待，走在人聲喧囂街道上的馬爾向露希兒開口。

「所以說，妳已經想好要去哪裡了嗎？」

「……噗咿！」

「看妳的反應，果然什麼也沒想吧。」見狀嬌小少女又犯老毛病，馬爾無奈地嘆氣道，「當初不就是妳吵著要趕緊出發，才讓我們匆匆忙忙離開的嗎？」

早上他們享用早餐的時候，因為雅典娜無意間提到「西區城市的商人曾遇過魔族」的消息，於是露希兒就說著「好！那本王要踏上旅程了！」這種話，導致他們只帶著最輕便的行李就出發了。

「啊，因為當時覺得喊出那句話好像滿帥氣的，所以一不小心就……」

「結果就拉不下臉來吧。算了，我早就預料到會有這種狀況。」

幸好馬爾了解她的行事風格，因此他總是會把事情提前規劃好。

他從背包拿出世界地圖，然後指向地圖的西方。

「我們接下來的目標是西域的城市。據說那邊地形崎嶇，所以我們要沿著河岸前進比較不會迷路。還有考慮到體力問題，得先在地圖上這兩個小村子定居一陣子，順利的話，也許還能打聽到魔族情報。」

「你還是老樣子，謹慎到令人頭皮發麻呀。好吧！那就按照馬爾說的做吧……哦？」

就在露希兒轉頭時，突然發現前方站著一名穿著白色法袍的少女。

對方似乎也在找他們兩人，於是小跑步湊近他們。

「等你們很久了，兩位迷途的小花蕊。」

「……欸？等、等等等妳該不會是！」

少女的金色長髮宛若陽光灑落的光輝，容貌美麗而溫柔，就像一朵盛開的花朵。她半睜著湛藍湖水般的眼眸，露出純潔慈祥的微笑。

總是擺著十指交扣的手勢，勇者最強的三傑「芙蕾雅」此時獨自一人出現在他們面前。

過去曾害馬爾陷入瀕死危機的少女，她與兩名魔族的關係可說是不相投合。露希兒立刻進入備戰狀態。

「神的蕩婦，妳為什麼會在這裡？難道是想打架嗎！」

「什、什麼神的妻子！我只是一名對神明大人充滿尊敬的普通聖職者，和神明大人並不是那種關係！雖然祂總是特別照顧我，就像丈夫一樣……啊，差點又把腦裡幻想的事說出來了……嗚討厭，一定是我的信仰不夠虔誠，以後要更加專心禱告才行呀……」

「……唔，果然妳還是老樣子，非常噁心啊。」

看到芙蕾雅捧著臉頰扭動身體，露希兒原本緊張的情緒似乎得到緩解了。

「所以妳找我們有什麼事？」馬爾向她詢問。

沉浸幻想中的芙蕾雅回神後，再度將十指交扣，說，「神明大人要我傳達『指示』給你們。」

「指示？」

芙蕾雅閉上雙眼，有如寧靜的海洋，長袍隨著微風搖曳飄舞。「——『朝陽下飛翔的青鳥，將引領迷途羔羊展開新的旅程。究竟通往天國之路，能否平安度過苦難，迎接光明的未來』。」

她道出「神語」。兩人聽後陷入了沉默。

據馬爾的理解，「朝陽」代表著剛升起的太陽，也許是朝「東方」前進的意思。不過……

「『天國之路』又是什麼？」

馬爾在地圖上並未找到與「天國」有關的地方，他不明白這句話中的意義。

結果沒想到，露希兒似乎對那個詞彙有所反應，她抱胸思考著。

「天國？……啊！」似乎想到什麼讓露希兒眼珠睜大，她趕緊道，「那不就是本王的故鄉『烏布里斯』嗎！」

「就是傲慢魔王的領地吧，所以只要去了那裡，就有望找到其他魔族嗎？」

「神明大人只能為迷途的花蕊指引方向。」芙蕾雅說到這裡，神情突然變得凝重，「但神明大人說了，一旦踏上這條路，將會有許多困難等著你們。據我所知，東域曾經是戰爭的重災區，那裡的人們對魔族的恨意可能比任何地方都強烈。」

芙蕾雅的「神語」不僅是一種指示，也同時是一種警告，讓人們可以選擇避開危險。

要選擇馬爾精心規劃的安全路線，還是選擇前途朦朧，充斥著艱難的道路？

「未來的命運，就交給妳吧。」

馬爾把選擇權交付給了露希兒。

對此，她也上揚嘴角，早已下定了決心。

「哼，那還用說嗎。」她將身體面向耀眼的太陽，右手指向一望無際的藍天，「管它是苦難還是什麼，在本王眼裡都只是雜魚而已，決定就是本王的故鄉『烏布里斯』了！」

沒有計畫性，態度又如此自以為是……

果然，她真的非常傲慢呢。

「既然決定了，就趕緊出發吧，馬爾。」

「那個，請再等一下。」芙蕾雅突然打岔道。

「嗯？妳還有什麼事呀。」

「有一件事，我想問問魔族少年。」芙蕾雅將目光投向馬爾，「你也聽得見『神語』，對吧？」

似乎想確認馬爾是否也能與神明對話，芙蕾雅對他投以求問的眼神。

對此馬爾也沒打算隱瞞，於是他很快地回答道。

「雖然和妳的形式有點不同，但姑且算是吧。」

「果然沒錯，你也是受到神明大人寵愛的人！」彷彿聽到好消息，芙蕾雅雀躍地雙手交扣，「那麼，要不要一起當聖職者呢？」

「……我？魔族也能當聖職者嗎？」

「只要每天虔誠地向神明大人禱告，我相信祂一定也會接納你的。這樣不僅是『茵里』，也能使用最強的輔助魔法『巴佛』，肯定對你們的前途有所幫助喔。」

「……馬爾使用聖屬性魔法？噗哈哈哈！妳腦子沒問題嗎，他怎麼可能會答應啦。」

聽到芙蕾雅荒誕的邀約，逗得露希兒捧腹大笑。相較之下，馬爾只是彎起一抹苦笑。

「妳還是饒了我吧，更何況……」他昂首望著天空的朝陽，說，「我早就有屬於自己的『信仰』了。」

「是嗎？我明白了，願神明大人賜予你們美好的前途。」

馬爾拒絕後，芙蕾雅也以慈祥的微笑與他們鞠躬道別。

「走吧，露希兒。」

「嗯呀，還是別跟她浪費時間了，趕緊出發吧……咦？」

結果才剛轉身，露希兒好似察覺到哪裡不對勁，她不禁佇立在原地。

「你剛剛是不是叫了本王的名字？」

「妳的錯覺。」

「唔！這次本王真的聽到啦……還有你走那麼快幹嘛！喂，等等本王啊！」

不顧露希兒的叫喚，馬爾反而加快了步伐。

從現在開始，他們將要踏上嶄新的旅程。

這是一條布滿荊棘的道路，未來仍有許多仇恨的連鎖等待著他們。

不過，相信只要抬起頭，就能看見黑暗中閃爍的無數繁星，為他們引向光明的未來。

作為「隨從」的馬爾，也依然會繼續跟隨在「主人」的身後，陪伴她、守護她。

只是唯有這次不同，他必須走在前面才行。

因為他並不想讓露希兒看到，自己此刻發熱泛紅的臉龐。

【全文完】

後記

感謝看完本書的讀者們，我是《魔王復興》的作者雷迪！

這篇故事是我目前最用心去寫的作品，從劇情編排到人物刻畫，我把自身所學的小說技巧全都傾注在裡面，所以很高興它能以實體書的形式展示給各位！

在設計角色上，我盡量讓每個人物都有自己的特色，冷靜睿智的馬爾、傲慢小鬼露希兒、土包子雅典娜、以及色色的赫斯緹雅，用這些充滿特色的人物來編排劇本讓我十分開心。其中我最喜歡的角色是芙蕾雅，無論是劇情還是插圖都給她滿滿登場的機會，不知道你最喜歡哪個角色呢？（有沒有推蜜涅娃的勇者……？）

好，作品的部分講完了，稍微來閒聊一下吧。

從我開始寫作後，起初只是個巴哈姆特網路連載作家，後來開始參加大型小說比賽，幾年下來我拿到兩次佳作成績，而如今終於實現最初的夢想——成為一名出版作家。

我相信這並非是我一人努力的結果，在這漫長的七年裡，曾經支持我的讀者、小說圈的文友、以及替我設計過封面的繪師，各個都幫助我走到這裡。

當然，我還要感謝參與製作本書的貴人們。

感謝負責出版業務的責編大人，忙碌中還得被我不定時信件騷擾，跟您說聲辛苦了！還有感謝幫我繪製精美封面及插圖的雅兒老師，我很喜歡露希兒服裝上的飾品細節，黑化馬爾也如我想像中帥氣！再來要感謝負責校對、美編、行銷等其他製書過程的人員，有你們才能讓作品成功出版！

最後當然是感謝買下本書的各位，這些小小的支持，都是對我莫大的肯定！

我想珍惜每一個緣分，這篇作品是我們最初的邂逅。接下來我也會持續創作，為你們帶來更有趣的故事！

我是雷迪，再次感謝閱讀本書的你，祝我們在下個作品相見！

要冒險10　PG3098

要有光
FIAT LUX

從絕對和平開始魔王復興計畫

作　　者	雷　迪
繪　　者	雅　兒
責任編輯	劉芮瑜
圖文排版	黃莉珊
封面設計	王嵩賀

出版策劃	要有光
發 行 人	宋政坤
法律顧問	毛國樑　律師
印製發行	秀威資訊科技股份有限公司 114台北市內湖區瑞光路76巷65號1樓 電話：+886-2-2796-3638　傳真：+886-2-2796-1377 http://www.showwe.com.tw
劃撥帳號	19563868　戶名：秀威資訊科技股份有限公司 讀者服務信箱：service@showwe.com.tw
展售門市	國家書店（松江門市） 104台北市中山區松江路209號1樓 電話：+886-2-2518-0207　傳真：+886-2-2518-0778
網路訂購	秀威網路書店：https://store.showwe.tw 國家網路書店：https://www.govbooks.com.tw
總 經 銷	聯合發行股份有限公司 231新北市新店區寶橋路235巷6弄6號4F 電話：+886-2-2917-8022　傳真：+886-2-2915-6275

出版日期	2025年5月　BOD一版
定　　價	380元

讀者回函卡

Printed in Taiwan

國家圖書館出版品預行編目

從絕對和平開始魔王復興計畫 / 雷迪著. --
一版. -- 臺北市 : 要有光, 2025.05
面 ;　公分. -- (要冒險 ; 10)
BOD版
ISBN 978-626-7515-50-1(平裝)

863.57　114004998